ACIDE

VICTOR DUMIOT

ACIDE

BOUQUINS

roman

92, avenue de France 75013 Paris
ISBN : 978-2-38292-412-9
Dépôt légal : août 2023

Pour Sophie

À Guénolé (1964-2022)

« C'est une chose humiliante, horrible, c'est une nécessité honteuse de lutter pour vivre, pour sauver sa peau. »

Curzio Malaparte, *La Peau*

« D'une manière générale, la vie est ouverte à tous. »

Elfriede Jelinek, *Lust*

J'avais un visage, mais il me fut pris.

C'est arrivé un soir, un soir que je pensais comme les autres, que je croyais léger. Un ciel tranquille, noir, endormi s'étendait au-dessus de ma tête. J'aurais dû me méfier.

Ce soir-là, je m'étais fait belle. Je veux dire : plus belle que d'habitude. Seule, devant le grand miroir de la salle de bain, je m'étais appliquée pendant plus d'une heure avec minutie. Je connaissais bien mon visage, nous étions alliés depuis plus de vingt-sept ans. Je savais quel rouge – rouge à lèvres mat, profond et intense, qui donne cette impression de mise à nu tout en habillant – il me fallait utiliser pour rendre mes lèvres désirables. Quel fard à paupières employer pour sublimer mon regard. Quel mascara, quel fond de teint, quel blush… Des années d'expérience.

Belle, je pensais devoir l'être toujours plus. Toujours supérieurement. La beauté condamne à un effort cosmétique perpétuel.

J'avais enfilé une robe verte en satin piquée à ma mère. J'aimais cette robe pour les étranges mouvements qu'elle opérait autour de mon corps. Collant mes hanches, ma poitrine, mes fesses, puis s'en détachant tout à coup avec amplitude : on aurait dit qu'elle dansait autour d'un feu.

Ce devait être un soir d'ivresse. J'étais prête, j'allais rejoindre des amis rue Jean-Jacques-Rousseau. J'imagine que nous aurions ensuite fait la tournée des bars, en commençant par ce cabaret branché, le Lulu, que nous apprécions tant.

Quelles furent les dernières pensées de ma vie d'avant ?

Je me revois descendre la rue Monge d'un pas rapide, la tête haute, écouteurs vissés dans les oreilles – tant pour éviter d'être importunée que pour arriver joyeuse au rendez-vous –, dans la nuit mordue par l'éclairage puissant de la ville. J'étais impatiente. Je pensais, sans doute, aux verres que j'avalerais bientôt, au vin blanc qui coulerait dans ma gorge, se répandrait dans mon sang, me ferait tourner la tête, pétiller les yeux et rire en posant affectueusement la main sur l'épaule de mes amis.

Je devais penser à l'ivresse, car j'avais envie d'être ivre ce soir-là.

M'enfonçant dans la station de métro Jussieu, marchant jusqu'au quai, je ne vis rien venir.

Aucun pas suspect. Aucun homme étrange à proximité. Rien d'anormal. Le métro devait arriver, ça, je m'en souviens bien, dans les cinq minutes. Cinq minutes à attendre. Je fixai, sur l'autre quai, une publicité surprenante qui ordonnait : « Toi, là, arrête les déplacements inutiles ! Fais-toi livrer en un clic ! » Cinq minutes à attendre. Un couple se disputait à côté. Je regardais l'homme qui regardait son mec avec des airs de reproche. Dans le genre : « Tu m'avais promis, et pourtant... Tu ne tiens jamais parole. » Intérieurement, je me disais que j'étais quand même mieux toute seule.

Heureuse de ne pas avoir à me justifier. Heureuse et soulagée d'éviter ce genre de regards, ces discussions lourdes qui vous serrent le cœur et vous assèchent la bouche, comme des cristaux de sel, un jeudi soir.

Quatre minutes.

Me reste en mémoire un cri, peut-être inventé. Comme si quelqu'un, au dernier moment, avait cherché à me prévenir. Trop tard. Je tournai la tête. L'homme, j'imagine que c'est un homme – cela me rassure de penser que c'est un homme, bien que je n'en sache rien, et sans doute n'en saurai-je jamais rien –, me lança de l'acide au visage. Acide sulfurique. Formule H_2SO_4.

Le jet me toucha en pleine face.

Trois minutes.

Au départ, je crus que c'était de l'eau, je ne comprenais pas bien – je dis au départ, mais cela ne dura que quelques secondes, une très courte éternité. J'étais confuse, je me retournai, je devais même sourire par politesse, voilà, sourire un instant, pour ne pas avoir l'air trop ridicule. Je pensai au maquillage qui devait couler, que j'allais devoir refaire, je pensai à ce verre qui s'éloignait, à mes amis, au métro d'en face dont j'entendais le bruissement métallique, le souffle et le sol trembler, qui annonçait son approche.

Très vite, la douleur me terrassa.

Je tombai d'un coup.

Deux minutes.

L'impression de me prendre à toute vitesse un mur tranchant. Comme si mon visage avait percuté des poignards, une planche cloutée. Comme si je traversais le pare-brise de mon véhicule. L'impression que l'on frottait ma figure avec du verre pilé.

Une minute.

Le choc était terrible, j'en avais le souffle coupé, les tripes retournées. J'avais si mal, là, à quatre pattes, qu'aucun mot, qu'aucune parole ne put sortir de ma bouche. Rien. J'étais juste en train d'agoniser comme une conne, tandis que tout – à commencer par mon visage – se dissolvait. Tout ce qui faisait ma vie, d'un coup englouti.

Zéro minute.

Le métro arriva. J'imagine que ses portes s'ouvrirent pour libérer une cohorte d'individus pressés. J'étais à genoux, non loin de la sortie, ne voyant plus rien que des formes s'activer de-ci de-là et, au loin, l'obscurité tenace.

J'étais là, à mourir au milieu du monde. Et le monde s'en foutait.

La douleur me fit crier encore, par saccades. Je poussais une sorte de cri qui m'était inconnu, qui vous écorche vive, un son qui ne vient pas seulement de la gorge, qui vient de plus profond, du profond des tripes, qui vient de tout en bas.

Ce fut sans doute la sidération qui empêcha les dernières personnes présentes dans la station de me porter secours immédiatement. Moi-même, je ne pouvais pas appeler à l'aide, incapable d'articuler ne fût-ce qu'un seul mot. Mes mains tremblantes se perdaient sur un visage déjà perdu, comme pour sauver encore quelque chose. Je n'y pouvais plus rien.

L'acide, ce n'est pas comme un feu. Au moins, avec le feu, on sait ce que l'on peut éteindre. On sait comment. On sait où chercher. On sait *à peu près* ce qu'il faut faire. Les bons gestes à adopter.

Mais avec l'acide, le mal se déroule à l'intérieur.

L'acide me pénétrait, entrait en moi, il se répandait peu à peu sous ma peau. Il asséchait tout comme une bouche assoiffée. S'enfonçant plus loin encore, il entra soudainement en réaction, faisant éclater les membranes cytoplasmiques. Ma peau se flétrissait. La nécrose alors se propagea en profondeur. Les réactions en chaîne s'amplifiaient, se répondaient. Ma peau changea de couleur, se couvrit de cloques, glabres et rougeâtres, qui se multiplièrent le long de la surface touchée, comme des petites bosses sur les feuilles d'un arbre. On pouvait suivre la trajectoire du fluide, mon corps faisant office de carte des lésions.

C'est ce que je compris plus tard.

J'avais l'impression qu'une armée entière s'acharnait sur moi, le long de mon visage, sur mon nez, mes lèvres, mon front. Une armée d'ennemis invisibles. Je les entends encore hurler : « Il faut tout retirer ! Allez-y ! Poncez, raclez, mutilez ! Qu'il ne reste plus rien. Rien que la peau sur les os. »

Je me rappelle aussi distinctement le bruit.

Remontait, jusqu'à mon oreille droite, le crépitement de ma chair. Ma peau luttait pour évacuer l'acide, impuissante. Je devenais une sans peau. Pour elle, c'était perdu d'avance. Déjà foutu. Mieux valait quitter le navire, échapper aux lambeaux.

La vie est une affaire de contrastes, n'est-ce pas ?

Quelques instants plus tôt, j'allais quelque part. On m'attendait déjà. D'une certaine façon, la soirée était jouée. Je pouvais en prévoir le déroulement et les possibles prolongations dans un bar surchauffé, imaginer nos voix tapageuses, insolentes, l'amitié en mouvement. J'ai souvent pensé à la façon dont les choses se seraient passées si rien ne m'était arrivé. J'ai revécu mille fois cette soirée, un peu par masochisme. Ce trajet en métro n'aurait dû appartenir qu'au domaine de l'utile.

Ce soir-là, si j'avais pu, je serais sortie de mon corps. Mon âme aurait glissé le long de ma langue nécrosée, comme sur ces tobogans que les avions déploient en cas d'atterrissage d'urgence. Puis elle aurait flotté entre les voies, au milieu des rails, jusqu'à arriver sur l'autre quai. Elle aurait alors sauté dans le premier être venu. J'aurais allègrement pris la place d'un autre. N'importe lequel ! Et je me serais assise sur ces fauteuils jaunes en plastique, peu confortables, et j'aurais regardé de loin ce corps arc-bouté, ce corps de femme. *La pauvre.* J'aurais regardé ce corps courbé, tordu, plié, déchiré, dévasté, le corps d'une étrangère.

Adios la grande cramée.

Je m'abîmais en moi-même, noyée dans ma chair boursouflée, dans mon sang et mes larmes, mutilée par l'acide qui poursuivait sa route. La douleur me prenait entre ses bras, non comme une mère, mais pour me contraindre, me déchirer, pour me réduire en miettes. J'avais mal jusqu'au bout des orteils, jusqu'à la pointe de mes cheveux fumants. J'avais mal jusqu'au fond des orbites. Comme si la douleur me prenait pour me jeter d'une paroi à l'autre de la station. Sur le sol glacé, j'avais l'impression de fondre. Il y avait un volcan, quelque part en moi.

Tandis que l'acide poursuivait son chemin dans le fond de ma gorge, je perdis connaissance. Trou noir en plein feu.

On se plaint parfois de perdre la mémoire ou d'avoir les choses d'une vie sur le bout de la langue. Mais croyez-moi, il y a des choses qu'il vaut mieux oublier. Notre mémoire nous protège par enfouissement, elle va contre le monde.

Les instants trop douloureux finissent en poussière. Tant mieux !

Il n'y a pas que mon corps qui mourut ce soir-là, mais aussi le temps. On l'avait fait flamber comme mon visage. Ce fut le début d'une longue chute, saccadée, discontinue. Le temps ne pouvait plus exister, puisque je n'existais plus moi-même. Chaque seconde qui s'écoulait sur mon corps, chaque craquelure de ma peau, chaque frisson douloureux, répétait ma mort. Je ne cessais plus de mourir. Je n'étais pas morte pour toujours, je mourais toujours, je mourais encore. Monstre dont la mort ne peut cesser. Monstre condamné à se relever pour s'abattre. Une mort sans fin, une trajectoire infinie. On m'avait éjectée hors du monde, comme la capsule d'un vaisseau spatial. *Three, two, one... Ejection.* Loin des vivants, loin de ceux qui portent encore leurs visages intacts, dans le noir total, au milieu d'une autre galaxie, d'un cercle laiteux où la vie devient silence.

Je me réveillais par intermittence, et le décor tournait, et mes yeux abîmés ne voyaient plus que des formes indistinctes, fondues entre elles, des ombres, quelques couleurs. Des uniformes.

J'aurais préféré mourir. Ce fut ma seule malchance : je n'ai pas été tuée ce jeudi soir. Je fais partie des « survivantes », ainsi que s'en réjouirait plus tard la presse. Vous lisez ce genre de nouvelles, et vous êtes heureux, n'est-ce pas ? Une vie a été sauvée... Quelle joie ! Pensez-vous réellement que l'on jette de l'acide pour tuer ? Pour enlever une vie, il existe mille façons. Un flingue. Une lame. Du poison. On aurait aussi pu me pousser sur les rames du métro. Celui qui m'avait jeté de l'acide au visage espérait que je m'en sortirais. Ce qui le faisait bander, ce n'était pas l'instant de ma mort. Pas l'agression elle-même, mais l'après. Savoir que je serais marquée à vie. La marque de son œuvre.

C'était comme si mon cœur avait cessé de battre ce soir-là. J'étais coincée dans une chute infinie vers la mort, mais celle-ci reculait à chaque mètre gagné. Ma mort ne viendrait pas, je venais de passer à travers.

10

« Mademoiselle, quand vous êtes arrivée, vous étiez en état d'urgence absolue. Nous vous avons prise en charge immédiatement. Nous avons tout fait, je dis bien *tout*, pour limiter la pénétration de l'acide et l'aggravation de vos lésions. Mais il faut que vous compreniez… Mademoiselle… Vos blessures sont graves… Très graves... Elles présentent encore des risques d'infection que nous devons surveiller… Et il y a des atteintes fonctionnelles sérieuses, des atteintes esthétiques qui, pour certaines, sont irréversibles. Ce sont des choses difficiles à annoncer, surtout à une personne de votre âge… Mais nous ferons tout pour… »

Je n'ai cessé d'entendre ce genre de phrases ensuite.

J'avais à la fois de la chance – laquelle ? celle de vivre ? celle de ne pas être allée pleinement, totalement, au bout de la gravité, du potentiel maximal des lésions ? celle d'avoir encore quelques maigres et miraculés morceaux de peau sur le visage ? – et très peu de chance. Parce que mon cas était définitif, mon destin, scellé. Certains sont morts avant même de mourir, moi j'étais revenue morte parmi les vivants. Pas de bol.

Les blessures ne laissent aucun répit.

Elles se réveillent, se donnent la main, se relaient. Tout n'est plus qu'une succession de douleurs ininterrompues, du plus infime picotement à la plus atroce déchirure. C'est infini.

Les médecins, les infirmiers, les kinésithérapeutes, les ergothérapeutes, tous avaient l'air grave, avec leurs sourcils froncés. Tous prononçaient leurs phrases bien apprises comme un discours solennel. Avec plus ou moins de sincérité. Je me souviens aussi de leurs silences. Ces longs silences qui exprimaient le reste, le plus important, le vide et la chute qui m'attendaient, et toutes ces autres choses qu'ils ne pouvaient pas dire. Il faut se mettre à leur place, le simple battement de mon cœur ne pouvait pas entièrement, ne pouvait pas, à lui tout seul, les réjouir.

On avait beau le tourner dans tous les sens, mon sauvetage était, en soi, une erreur vitale.

Ce fut ma première pensée, au réveil : les médecins m'ont tuée, sinon qui d'autre ? Y pensaient-ils eux aussi ?

Bien sûr, nous avons tous notre conscience qui parle à l'intérieur de nous, parfois nous aide à tenir, souvent nous perd. Les médecins les plus lucides devaient avoir envie de s'excuser, en m'observant, là, sur le lit d'hôpital, comprenant bien que cette prise en charge « rapide », dont ils saluaient l'efficacité, ne m'avait sauvé la vie que sur leur papier. Eux, devaient avoir besoin de trouver un prétexte – l'après, la vie qui se poursuit, les fameux jours heureux retrouvés – pour justifier mon sauvetage et continuer cette comédie. Moi, malgré les bandes qui protégeaient ma face, tulles gras, compresses stériles et filets, je savais que ma peau n'allait pas survivre, que mon visage, lui, était mort.

Que pouvaient bien se dire les docteurs, en silence, dans les toilettes, à côté de la machine à café ?

— On ne peut ignorer qu'en la sauvant nous maintenons cette jeune femme vivante dans la mort !

— Pour le moment, notre rôle n'est pas d'agir en fonction des possibilités de réadaptation. On fait avec ce qu'on a ! Et puis, sinon, quoi ? Il nous faudrait trier les tétraplégiques, les estropiés, pourquoi pas les aveugles et les sourds ? *Sauvable, pas sauvable... Pensez à sa souffrance...* Ce serait indigne. Les urgences, ce n'est pas le tri sélectif. Nous sauvons, nous soignons et nous accompagnons. Le futur, c'est du secondaire. Pour y penser, il faut déjà vivre !

Que pouvais-je bien y faire ? Je leur imposais mes blessures, je n'allais pas non plus espérer qu'un soir, tandis que l'on me plongeait dans un coma artificiel, quelqu'un vienne renforcer les doses de sédatifs et d'antidouleurs pour m'éviter de souffrir davantage, comme on euthanasie un chien. Si je m'étais réveillée là, prise en charge sur le bloc... Je n'aurais pas laissé faire. Premier réflexe ? Vomir ma douleur. Oui, j'aurais rattrapé les cris étouffés, tout dégueulé d'un coup, de quoi tacher les blouses vertes, les kimonos ridicules, les masques et l'inox dans la pièce. En foutre partout, le plus possible, pour qu'ils comprennent. J'aurais crié : « Stop, une minute ! Laissez-moi, mais laissez-moi ! J'ai quand même le droit de choisir ! Un coup de scalpel ! Une surdose de morphine ! Faites-moi une petite injection, personne n'en saura rien. Laissez tomber ! Ça ne sert à rien ! Pas d'acharnement ! Laissez-moi mourir. » De rage, je les aurais suppliés, j'aurais essayé de négocier.

Et sans fin, j'aurais répété : « Tuez-moi ! Tuez-moi ! Finissez le boulot ! Je ne peux pas, je ne peux plus vivre. C'est fini. »

J'ai longtemps eu le sentiment que les médecins avaient profité de mon inconscience, de mon sommeil, pour faire ce qu'ils avaient à faire.

Évidemment, on ne peut demander à ces hommes qui ne parlent jamais de mort, ou toujours par périphrases, tant ils redoutent le pronostic vital, d'*achever le travail*. Il aurait fallu qu'un aréopage s'exprime sur le sujet, qu'on laisse de vieux hommes, bien installés, des professeurs bien aguerris, bien moustachus, réfléchir des journées entières en confrontant leur éthique à la bonne morale.

Ils auraient au moins pu me filer quelques grammes d'ecstasy, ou bien du LSD, pour faciliter mon voyage. Afin que tout se trouble, que le difforme devienne beauté. Je n'aurais plus été un corps, mais une sorte d'esprit, j'aurais traversé les briques et le ciment, volé loin de l'hôpital. J'aurais gravité entre les lampadaires et plané au-dessus de Paris. De là-haut, j'aurais observé ces milliers de crânes qui flânent, avancent comme des bêtes, éructent sous la lune. J'aurais vu mes amis, un peu plus loin, qui ne m'attendaient plus, qui ne se doutaient de rien, vu les bateaux-mouches glisser comme des limaces et leur flot d'immondes touristes absorbés par la contemplation du paysage. Je serais restée là, mieux qu'ailleurs, pur délire d'opium, à me fondre dans l'existence continue.

Mais il n'y eut rien de tout cela, on me plongea dans le coma.

En me sauvant, on décida à ma place que j'allais vivre.

Sans eux, je serais morte. Avec eux, je devenais un monstre.

Selon le procès-verbal, la première brigade est arrivée environ sept minutes après l'agression.

Sept minutes.

Quatre cent vingt secondes.

Deux métros étaient passés entre-temps. J'avais été vue, aperçue, entraperçue, par une bonne centaine de personnes. La foule horrifiée avait fait un cercle autour de moi. Certains se sont même blessés aux mains en essayant de m'aider. J'étais un cadavre à la robe retroussée.

Quelle fut la réaction de l'équipe médicale ? Le mot « acide » a-t-il été prononcé ? Avant de déterminer la nature exacte du mal qui me frappait, cet incendie sans feu, les pompiers ont dû avoir un mouvement de répulsion, d'angoisse. Je les imaginais reprenant leurs esprits, concentrés, effectuant avec sang-froid ces premiers gestes qui sauvent et préparant en urgence mon transport au centre hospitalier.

J'ai passé et repassé mille fois cette scène dans ma tête.

« Bon, on commence par quoi… Attendez, l'oreille, elle est où, l'oreille ? C'est la flaque, là ! Ramassez la flaque… Voilà, c'est bien. Continuez… Compresses ! Gants ! Oxygène ! Masque ! Seringue ! Brancard ! Brancard, tout de suite ! On se laisse pas avoir ! C'est pas une bête, c'est une femme ! Faut la prendre en douceur, les gars ! » Du courage, du courage… Il faut avoir du courage pour mettre en pratique la *procédure habituelle.*

J'ai fait de chacun, y compris de ceux qui n'étaient pas présents, qui ne pouvaient pas être présents, les personnages de ce non-souvenir. Tous y jouaient leur rôle. L'horreur. La panique. La nausée. Je les entends crier, pleurer, suffoquer, appeler à l'aide, se blottir les uns contre les autres tout autour de moi. Moi, avec la gueule éclatée, vraiment explosée, rouge, de la chair bien nue, bien dénudée, de la chair et des os, une gueule d'Halloween. Ça a dû les secouer ! Je parie que certains en font encore des cauchemars, que d'autres sont allés voir un psy.

Le mot était lâché : j'étais une *victime*.

« Victime d'une agression, substance indéterminée, probablement de l'acide... »

Une de plus ! Statistique en flèche. J'allais faire dérailler à moi toute seule la courbe officielle. On devait déjà en suer d'angoisse ou de panique dans les bureaux tranquilles de la place Beauvau ! Là-bas, je n'étais qu'un chiffre qui finirait dans une note. Avec une flèche noire, en gras. Qui serait lu par des imbéciles en costume-cravate ou en tailleur moche. « Monsieur le Préfet... Monsieur le Ministre... Madame la Secrétaire d'État... » La sécurité n'intéresse pas les gouvernants. Ce qui compte pour eux, ce sont les courbes, les indicateurs, les ratios. Ce sont les quotients, des cases remplies par des numéros énigmatiques, retranscrits en graphiques, ce sont les bosses, les hausses, les baisses. Dans l'esprit de ces technocrasseux, je représentais un problème épineux. Un cas d'école. Une emmerde, quoi... « Ça va faire du bruit... Vous me préparez un discours ! » « Oui, Monsieur, bien sûr, Monsieur. » Ce qui compte, pour eux, c'est le respect médiatique, l'apparence télévisuelle, l'aplomb dans l'élocution pour dire que des engagements seront pris, que des politiques seront menées, que des plans de prévention seront lancés, que les choses sont en train de bouger, qu'elles avancent, bien qu'en même temps... Puisque je n'étais pas morte, ils avaient dû trouver des éléments de langage pour me ranger dans une autre catégorie. « Ouf, on a évité le féminicide ! Manquait plus que ça, à deux semaines des élections… »

À partir de quel moment, de quel moment précis, suis-je passée de cette jeune fille d'avant, communicante diplômée d'une école de commerce plutôt moyenne, à cette sorte de femme d'après ? Femme qui n'a plus d'âge.

Cette espèce de métamorphose vers le pire m'intrigue encore. Après tout, il s'agissait de moi, de ma gueule, de ma vie, de ma douleur ! J'aurais aimé me tenir, me coincer dans le temps, marquer une pause, tandis que ma peau était dévastée. Qu'étais-je devenue ? J'ai longtemps cru que je serais incapable de répondre à cette question. Que seule mon imagination colmaterait les brèches.

On pense que le visage avec lequel on naît durera toute la vie. Même si on en est plus ou moins fier, plus ou moins satisfait. (Ne faites pas semblant ! Nous cultivons tous une liste secrète des choses qu'on haït, que l'on essaie de cacher, avec un foulard, du maquillage, en tournant la tête lors des photos, de profil, plutôt de dos, en se cassant la nuque. On se laisse toujours trop contaminer par soi-même.

Moi : mon nez pâteux, mes narines grassouillettes, gonflées et arrondies. Je me disais : « Il n'est pas féminin, ce nez ! » Les mêmes narines que mon père... Le même putain de nez... Comme si on l'avait moulé à l'identique. En me voyant, les amis disaient toujours : « Toi, t'es bien la fille de ton père ! » Mon père... Il était resté silencieux en apprenant l'agression, il n'avait pas accouru à l'hôpital comme dans les films, il n'avait pas non plus cherché à retrouver le salopard qui avait fait ça. Sans doute s'était-il contenté de hocher la tête, l'air vague, comme sachant déjà que ça arriverait un jour. Mon père a toujours été l'excessif de la maison. Drôle parfois, il s'emportait souvent à table ou dans son canapé vieillissant, en parlant de politique, en remuant une à une les idées qu'il avait attrapées dans des livres. L'incomplétude du monde, la révolution qui n'avait pas eu lieu, autant que sa vie d'ouvrier moyen qui avait passé son temps à attendre, le rendaient colérique. Il n'était pas méchant, mais toujours à deux doigts de vous coller une gifle. C'était un buffle. Il pouvait être tendre et attentif, et exploser d'un coup. Attentats domestiques à la parole explosive. Souvent, nos dîners de famille tournaient à l'affrontement. Tandis que nous mangions dans un silence uniquement troublé par la télévision, il me lançait : « Tu ne vas pas sortir comme ça ce soir, c'est pas carnaval. On dirait une pute, tu comprends ? Tu peux pas sortir comme ça. Je ne devrais même pas avoir à te le dire ! Tu imagines ce que les gens vont penser ? Ce que les gens peuvent faire ! Moi, je ne te laisse pas sortir comme ça. » Mon père n'a jamais manqué d'arguments, surtout lorsque sa bouche, encore imbibée d'un vin rouge bon marché (le moins cher possible, règle d'or à la maison) recrachait comme autant de miettes des phrases destinées à me corriger, à m'apprendre à vivre. Je crois qu'il se sentait surtout dépassé, dépassé par ma mère, dépassé par sa femme, dépassé dans son rôle de père, dépassé par sa fille. Par moi, l'adolescente.

À cette époque, il devait aussi se sentir dépassé par mon corps. Mon corps de plus « juste une gamine », celui qui, mis en valeur, lui laissait penser que si je pouvais être ce qu'il disait. Je pense vraiment que mon corps le troublait et que, malgré ses prétentions révolutionnaires, ses envies de « libérer la société d'un capitalisme mortifère », il devait avant tout lutter intérieurement contre ses propres désirs. Bander et pleurer en constatant son écroulement. Mon avenir de femme lui signalait son devenir de petit crouteux.

Mon père n'était pas vraiment un séducteur, sa séduction tenait davantage au hasard, à l'acharnement de certaines. Au courage de ma mère. Mais en acceptant le mariage, sans doute avec la première venue, il avait accepté sa mort par avance. Les familles ressemblent à des cimetières où ne fleurit plus que l'ennui.

A-t-il déjà envisagé la possibilité ? En regardant ce vieux bout de peau dans son lit, aux cheveux grisonnants, et en m'imaginant, moi, seule, novice, encore ferme, dans la chambre d'à côté, à quelques pas, moi toute fraîche, moi qui étais un peu à lui… Il y en a qui ne se privent pas. Pour mon père, à 16 ans, j'étais déjà une allumeuse. J'en faisais trop. Je renvoyais « une mauvaise image ». Il faisait attention à ne pas se retrouver seul avec moi, ou si peu, n'osait plus me prendre dans ses bras, et à peine m'embrasser sur la joue. Quand je me promenais dans le salon en culotte, il disait : « Habille-toi ! C'est pas le Cap d'Agde ici ! ») On croit, oui, comme si c'était une évidence, un axiome corrélatif à l'existence, que ce visage dont on est plus ou moins heureux, durera.

C'est faux.

Votre esprit a beau s'en convaincre, il n'y a en réalité pas plus de raison que votre visage vous dure, que de gagner au loto, de recevoir un virement par erreur ou un héritage surprise. Considérez plutôt que, chaque jour, à chaque instant, vous jouez des morceaux de votre corps à la roulette russe. Beaucoup ont de la chance. Tout du moins jusqu'à un certain âge. L'homme a troqué son refus de mourir jeune contre la certitude de devenir moche. Dégueulasse, mais ça reste supportable. On n'est pas seuls dans ce cas. La seule communauté des vieux, c'est celle de la laideur.

Je ne connaîtrai jamais cela. Ne soyez pas jaloux. Mon visage est figé dans un temps qui ne concerne plus les hommes. Quand on perd son visage, on se perd soi-même. On perd le droit d'être soi parmi les autres. La mutilation vous sort de la norme. À mon entrée à l'hôpital, je n'étais plus affiliée, plus complètement affiliée, à l'espèce humaine. J'avais perdu l'homologation, ce tampon si spécial qui donne la certitude de faire partie du club. C'est dur parce qu'on le sent. Et les miens ? Qui sont désormais les miens ? On ne sait plus très bien où se situer parmi les vivants, parce que même un chien a droit aux caresses de son maître. Plus proche des rongeurs que de vous, j'ai dégringolé de l'échelle, je suis sortie de la communauté. Tout en bas. Je fais aussi peur que la vermine qui surgit d'une poubelle avant de disparaître.

Imaginez un sucre plongé dans une eau bouillante et vous comprendrez ce que c'est, l'acide. La sensation d'être dévoré de l'intérieur, que toutes sortes de bestioles, des asticots, des blattes, parfois même des scolopendres, grouillent sous votre peau, la déforment comme dans les films d'horreur. Imaginez. Des centaines, puis des milliers qui vous envahissent les avant-bras, le ventre, et remontent, comme pour faire la course jusqu'au visage. Je les sens qui percent encore, percent et sortent d'un coup.

Sans doute les médecins et les psys ont un terme pour ça, ces cons ont des termes pour tout, « poser des petits mots sur des grands maux ». À ma sortie de l'hôpital, je me suis procuré à peu près tous les manuels possibles et imaginables. J'essayais de comprendre ce que la psychologie pouvait m'apporter. Je m'intéressais aux symptômes traumatiques. À la question du « Moi-Peau ». J'étudiais mes chances de survie. On dit que c'est possible. Des témoignages indiquent que cela arrive : des gens comme moi, qui vivent plutôt heureux, qui se reconstruisent de l'intérieur.

En repensant à mon séjour à l'hôpital, je me dis que ça aurait été chouette que l'on puisse un soir, dans cette décharge couverte, pleine de corps battus, qui ne sont plus bons à vivre en société, échanger tous de chambre, entre patients. J'imagine un va-et-vient au milieu de la nuit, des portes qui se referment sur deux, trois, quatre ou cinq d'entre nous, avalés par l'espace, les jambes tremblantes. Partouze maximale de causes perdues, au milieu des compresses et du désinfectant. Se prendre tous par-dessus, par-dessous, se palper les escarres, les points de suture, se lécher entre les plaies, se sucer comme des huîtres, à califourchon sur les lits médicalisés. Crier entre nos dents noires, comme des succubes, allumer l'incendie, réveiller la colère, décharger cette mort qui vit en nous après des mois de sommeil, s'injecter de la morphine, se piquer, se repiquer, se goinfrer de kétamine, jusqu'à s'écorcher encore plus.

Ils avaient tous du mal à soutenir mon regard.

Je devais ressembler à une momie avec toutes ces compresses, et juste une rétine, celle de gauche, qui avait survécu, qui luisait au milieu de cet infernal entremêlement de tissus censé me sauver. La plupart des infirmiers étaient des jeunes, des débutants. Bravo pour l'initiation ! Je les observais défiler, entrer dans ma chambre, me toucher, repartir, s'occuper des pipis-cacas et des angoisses nocturnes alentour. Ils avaient tous d'autres choses à faire dans la vie, tandis que moi, moi, je ruisselais de larmes, tout mon corps pleurait, je n'étais qu'un amas de muscles dysfonctionnel, vide à l'intérieur. J'avais éclaté. On m'avait tout pris, mon visage, ma vie, mon âme. Tout ! Je vomissais mes pleurs, de quoi tremper la chambre. Mon diagnostic n'était pas bon. Ça ne pouvait pas être pire.

Une victime. J'étais faite. Victime à perpétuité. Il n'y aurait ni rémission, ni guérison. Si j'avais su… Rien ne nous prépare à devenir victime. Ça vous tombe dessus, ça vous étouffe. C'est un nouveau statut, comme une nouvelle peau. Certains apprennent à cacher cela dans leur poche, à le maintenir à l'intérieur, au fond de la gorge, dans les crevasses, les cassures de l'être. Impossible pour moi. J'étais une victime portative. « Bienvenue au club ! » Ma carte de membre ? Fixée sur mon visage. Ineffaçable. Terminé pour moi, *kaput*, passée d'une case à l'autre. Ah, bien sûr, je profiterais de la compassion, des grands attendrissements. La pitié, c'est encore le pire. Et pour ma honte ? Pour mon dégoût ? Je ne serais que ça, *pauvre femme* par ci, *pauvre femme* par là. Vous avez entendu parler de cette *pauvre femme* ? Et on en remettrait une couche. J'étais assignée à une condition de pauvre-petite-femme-seule-qui-était-là-au-mauvais-endroit-au-mauvais-moment. J'étais coincée, réduite à ça : c'est-à-dire à rien.

« Ce sont des choses qui arrivent... »

C'est ainsi que les agents de la Police nationale me considérèrent, plus tard, lorsque je fis ma déposition. *Des choses qui arrivent.* Ces mots m'avaient percuté le cœur. Peut-être que cela faisait partie du jargon officieux, de ce jargon de fonctionnaire de terrain. Un moyen pour eux de se rassurer, de supporter le choc.

« ... des choses qui arrivent de plus en plus souvent... Je vais pas vous sortir les statistiques, mais c'est dingue ! Et pas qu'en France... Partout... Y'a pas longtemps, même, c'est arrivé à nos collègues d'Arras. Une pauvre dame dans le bus... Et v'là ! (il mima le geste avec son bras), un paumé lui balance de la soude, comme ça, sans raison ! *La pauvre.* J'ai vu des photos. Salement amochée, même plus que vous, je dirais... »

Il marqua un temps, se mordit les lèvres, conscient d'avoir dit une bêtise – (*amochée* : être rendue moche, plus laide que laide. *Amocher*, verbe d'action, synonyme de défigurer). « Ces enfants de salauds... Quels enfants de salauds ! Des détraqués, on en voit de plus en plus... Je peux vous dire… Ça devient compliqué. On peut pas être partout, on peut pas tout prévoir. C'est pas *Minority Report* chez nous. Des types qui se lèvent un matin, bien sous tous rapports et qui, on ne sait pas trop pourquoi, pètent juste un plomb. Juste oui… Ils pètent un plomb ! »

Soudain, le regard de l'agent se perdit dans le vague, comme en fuite, avant de retomber sur moi.

« Vous savez, j'ai peur pour mes enfants… Je crois que la société redevient violente, parce qu'elle est devenue folle. Faut voir tous ces gars coincés dans leurs petits êtres, dans leurs petits états. Putain, on dirait que c'est une lutte de tous contre tous. La guerre du "moi, je". Y'a de quoi devenir dingue… On est comme une cocotte minute qui se bourre de frustrations. On veut tous du plaisir et de la facilité. Accéder aux choses. Tous sont déçus… C'est la frustration qui nous consume. Enfin, n'allez pas croire que je cherche des excuses… Ces fils de pute me dégoûtent, croyez-moi. On va le retrouver le vôtre, ça c'est certain, il finira bien par faire une connerie – il n'osa pas dire "par recommencer". On va le retrouver… »

L'inspecteur Lebrac tournait en rond dans ma chambre d'hôpital, visiblement gêné par le spectacle qu'il avait sous les yeux. Depuis mon lit, je le voyais à peine, mais je l'entendais assez bien. Son timbre de voix me le représentait comme un homme d'une cinquantaine d'années, fort de son assurance masculine, un gars à la peau dure passé par-delà l'espérance, qui prononçait sèchement ses phrases. Un homme à qui on ne le fait pas, sans doute originaire du Sud, peut-être de Corse, malgré son patronyme. J'avais l'impression qu'il en faisait beaucoup pour justifier le vide, le vide sidéral, de son enquête. Pour se justifier, devant moi comme devant Dieu.

Des choses qui arrivent.

Assurément, ça fait partie de leur jargon. Les flics mettent des mots sur tout ce que l'on ne peut pas exprimer, c'est comme le silence des médecins. C'est ça, la *déposition.* Un énoncé de l'horreur. Ils tapent placidement sur leur petit clavier des petits mots tout froids qui s'accrochent les uns aux autres, qui sont là pour être là, discours-pansements, pour être archivés, et servir éventuellement en cas de procès. Là pour témoigner d'un témoignage.

C'est peut-être grâce à cela qu'ils évitent de devenir dingues. Ces petits fonctionnaires dans leurs habits tout bleu. Ces agents de sécurité de la vie.

Des choses qui arrivent. C'est vrai, il n'y avait pas mort d'homme. Après tout, pourquoi ne pas en rire ? C'était grave, ne vous y trompez pas, mais sur l'échelle des gravités, ce n'était pas le plus grave : après tout je n'étais pas morte, on n'allait pas en faire une histoire non plus. De quoi je me plaignais ? Sur l'échelle de la gravité, le meurtre passait avant la défiguration.

Je ne devais pas leur en vouloir d'être aussi incapables. Mais j'avais la rage. Dès que Lebrac entrait dans ma chambre j'avais envie de le secouer. « Bougez-vous ! Bougez-vous ! » Pour moi, c'était l'urgence, la raison, la seule et unique raison qui pouvait justifier qu'on me réveillât un jour, qu'on me sortît sciemment du coma. Je sentais dans ma chair ses pas en liberté, ses mains en liberté, son rire en liberté, ses pensées en liberté, sa respiration. Mon air ! Mon air ! Qu'il volait, qu'il volait, qu'il me pillait encore ! Ce type était là… Dehors… Quelque part… Et rien.

Chaque visite des policiers me replongeait en l'enfer. C'était comme me foutre la tête dans une bassine d'eau glacée. Ils essayaient d'être sympathiques, me promettaient que la vie continuerait, que ma vie continuerait, que les choses se tasseraient. Tous tournaient autour du pot. Malgré leurs sourires et leur compassion bon marché, je sentais leur dégoût, avec ou sans pansements, avec ou sans masque. Ils avaient envie de vomir. Ils devaient tous être à deux doigts de vomir. J'avais fini par bien les connaître, par les trouver sympathiques même, à force de les voir défiler dans ma chambre puis, chez moi, à Caen, dans mon petit appartement. Attachants, avec leurs cheveux à ras. Des bons gars. Des prolos comme mon père. C'est peut-être pour cela que je les supportais. Avec leurs intonations, leurs manières, j'avais l'impression de retourner chez moi. Pays de l'enfance. Je me disais : « C'est ça les gardiens. Des hommes, quoi. »

Je me rappelle cet agent bourru, au physique épais, qui s'assit devant moi, un jour, pour me déclarer : « Ce sera bientôt du passé. » Que pouvais-je répondre ? Ma vie d'avant était close. Refermée. Disparue sous les cicatrices. Morte station Jussieu. Toutes nos vies sont des finitudes branlantes. Plus ou moins visibles. Plus ou moins saillantes. Des milliers de finitudes possibles prêtes à se déployer. J'entrais dans une finitude nouvelle : la chute. Une longue, désastreuse et catastrophique chute. Un mal physique incurable.

Parfois, j'avais envie de les aimer, ces hommes en polo Fred Perry ou en tee-shirt Motörhead, et toutes les autres fois, j'avais envie de les détruire. Tous, un par un. M'emparer de leur arme de service, la charger et tirer dans le tas. Si j'avais eu la force, j'aurais fini par le faire, c'est sûr.

Planter entre les dents de Lebrac son Sig-Sauer de service. Sentir quelque chose de nouveau, comme un pouvoir. L'enfoncer plus profond. « Bouffe ! Suce ! » J'imaginais les bureaux blancs à la peinture décrépite, recouvert d'un sang noirâtre.

Malgré son discours sur la société malade, Lebrac semblait convaincu qu'il existe une raison à tout. Rien n'arrive par hasard. Pas de miracle négatif. Le crime gratuit, c'est toujours un crime pour quelque chose.

« Vous savez, dans plus de 95 % des cas, il existe un mobile. Parfois petit, parfois lointain, même ridicule... Parce que vous vous êtes garée sur sa place de parking... Parce que vous l'avez mal regardé en faisant vos courses... Ça peut se jouer à peu de chose. Mais il y a toujours un mobile. *Toujours.* »

La voix de Lebrac se promenait en moi.

« J'ai du mal à croire que ce type s'est levé un matin en se disant qu'il allait jeter de l'acide sur n'importe qui, au hasard. Déjà, cela suppose d'en avoir, de l'acide. Il faut en acheter... Se préparer un minimum... Passer à l'acte dans une station de métro, c'est risqué. Et votre gars ne s'est pas enfui directement, il est resté là, devant vous, quatre minutes, à vous regarder. Quatre minutes ! Vous imaginez ? Je veux dire, il voulait vous voir, Camille... C'était vous, pas une autre. »

J'appris que le type était masqué, que les caméras de surveillance l'avaient perdu tout à coup à l'arrivée du métro, qu'il avait disparu ensuite. Fondu dans la masse. Juste un fantôme.

L'inspecteur se leva, puis s'assit devant moi, les fesses posées sur une chaise près du lit. Il se pencha, s'arrêta à une dizaine de centimètres de mon visage. J'écoutais.

«Je ne vais pas y aller par quatre chemins, Mademoiselle. On n'avance pas. Moi, ce que je veux, pour vous, pour l'enquête, ce sont des réponses. Des vraies réponses. Je vais donc répéter ma question, la même question, et je sais que vous l'avez déjà entendue mille fois : *Qui ?* C'est forcément là, quelque part – il posa son index sur son crâne en le tournant comme une vis. Enfin, y'a bien un mec que vous avez jeté, un type qui vous a suivie un jour, un lourdingue, y'en a forcément un ! Réfléchissez... Au collège, au lycée... J'ai une fille, je sais comment ça se passe. Un type avec qui vous avez été dure.»

Pour les flics, mon agression était nécessairement sexuelle. Ou *romantique*. Ça devait être un crime de passion – ce qui ne le justifiait pas, mais permettait, selon eux, de le comprendre. Moi aussi, j'essayais, de toutes mes forces, de comprendre. Pourquoi moi? Pourquoi mon visage? Je réfléchissais à la signification de ce geste. On avait cherché à me détruire, moi en tant que moi, tout en m'interdisant de renaître. À me coincer là, dans un entre-deux. Qui pouvait avoir un jour ressenti le désir de m'annuler?

Lebrac avait une drôle de façon de parler, en avalant certaines syllabes, tandis que pointait derrière chacune de ses phrases son accent corse. C'était sûr : la Corse.

Toutes ses questions finirent par me mettre dans la tête que, oui, oui, c'était peut-être moi. C'était peut-être ma faute. Que j'avais peut-être fait quelque chose de mal. Et que je payais peut-être pour cela. Je me sentais stupide et coupable, parce que je n'arrivais même pas à me souvenir de quoi que ce soit. L'acte devait être dérisoire, tellement dérisoire... C'était ça, le drame. Le type qui avait fait ça devait se nicher quelque part dans ma mémoire. Son visage, je l'avais là, dans un fatras de souvenirs. Il n'y avait qu'à se pencher, intérieurement, un petit peu plus encore, pour le retrouver. Je m'y mettais, je fouillais, mais rien… Rien… Ou alors trop de choses…

Maintenant, je le sais. On ne saura jamais qui est le coupable.

Il y avait un tableau blanc dans la chambre, accroché au mur, qui m'apaisait.

Moi qui avais perdu presque tous mes sens, par un travail d'imagination je plongeais dans sa neige, je faisais ressurgir des souvenirs lointains. La morsure du froid. Ce froid glacial qui pique les joues. Les frissons qui remontent le long du corps. Les poils qui se hérissent sur la peau. Les dents qui claquent. Les lèvres qui gercent. La vapeur que la bouche expulse. L'hôpital paramètre technologiquement votre expérience.

Ce tableau me ramenait aussi à l'école.

J'étais de celles qui se précipitaient au tableau, sans crainte aucune, toujours fière de se montrer. Excepté devant Mme Monod.

Mme Monod était professeure de philosophie.

Je me méfiais de la philosophie car quand mon père en parlait à table, comme on était tous trop cons pour comprendre, il prenait de grands airs, levait les yeux au ciel. Je sentais que son corps, que son esprit se laissaient entraîner par le mouvement des idées. Contaminer même. Pour moi, la philo, c'était Marx. C'étaient la guerre sociale et des histoires de marchandises. C'étaient des stratagèmes, des stratégies. C'était la lutte.

Le corps de Mme Monod, dur et épais comme une poutre, avait cette sorte de rigidité qui dit la résignation. Elle avait cessé de lutter. Mais depuis quand ? Toute sa vie semblait s'être jouée à peu de chose près. Monod était jolie, à peu de chose près. Elle avait raté l'agrégation trois fois, à peu de chose près. Elle était devenue une professeure sympathique et investie, à peu de chose près. Son mariage avait fonctionné, à peu de chose près. Elle avait eu des enfants, à peu de chose près. Sans doute que le soir, elle avait des orgasmes, vraiment à peu de chose près. Bref, Monod était passée à *ça* d'être heureuse. Et, naturellement, elle appartenait depuis à cette espèce particulière de professeurs amers, cassants, autoritaires à l'excès. Qui se vengent sur nous autres dès huit heure du matin.

Comme mon père, Mme Monod n'appréciait pas le maquillage. Or, j'allais avoir dix-sept ans tout juste un an après la sortie triomphale du premier tube de la prêtresse du mascara, Lady Gaga. J'étais définitivement une Gaga-girl. Jamais je ne sortais sans ma pochette de maquillage. Je ne demandais pas grand-chose : seulement qu'on me foute la paix. Qu'on cesse de me dire : « C'est pas l'endroit pour ça. » Toujours le même refrain. Pas à la maison, pas à l'école, pas dans les lieux publics. Mais alors où ? Il existe un centre spécialisé ? Un lieu d'accueil pour les adolescentes maquillées ? Un espace tranquille, avec des pinceaux, des palettes de couleur et des miroirs, où l'on pourrait enfin ressembler à ce qu'on veut ? « Putain, le rêve », me disais-je en souriant naïvement. Certes, la rue est un terrain hostile, ce n'est pas moi qui vous dirai le contraire. Dès que l'on met un peu de maquillage, une pointe de rouge à lèvres, un trait au bord des yeux, les mecs deviennent fous. Ils pensent que l'on s'est préparées pour eux. Que c'est forcément pour baiser qu'on se tartine le visage. De la confiture pour plaire aux cochons. Tous y décryptent des intentions secrètes. À cet âge, je n'avais aucune intention secrète – que des intentions explicites. Bien sûr, je voulais plaire. J'aimais plaire. Mais juste comme ça, sans réclamer la violence du désir.

« Madame, si je me maquille, c'est parce qu'ici je suis avec mes amies, je suis bien ! Au lycée, on est grands quand même, suffisamment grands pour choisir, non ? Le maquillage, c'est fait pour être vue, pas pour être seule. Je vais pas me maquiller seule chez moi ? Et puis, ce n'est pas à vous de me dire ce que je dois faire. J'en ai marre de ça, là ! Vous êtes pas ma mère. Je dérange personne. C'est pas Sartre qui parle de liberté ? Ben voilà, moi je veux ça ! La liberté ! »

Mes négociations avec Mme Monod tournaient dangereusement au ridicule. Perdues d'avance. J'avais droit à mes heures de colle hebdomadaires, chaque fois l'occasion de la maudire davantage, de lui souhaiter une mort lente et douloureuse – l'étranglement, la noyade, l'immolation par le feu. Je n'ai jamais pensé à l'acide.

Dans ma chambre, puisque je ne pouvais discuter de ces sujets avec personne, je passais des heures à lire *Jeune et Jolie*. Ce magazine a littéralement fait mon éducation. Je me rappelle très précisément les deux grosses lettres : J.J. Son esthétique très années 2000, jaune-violet-orange fluo. Ses sujets provoc' : « On le veut toutes les deux, comment gagner la partie ? », « Tous les plans *love* dont on ne veut plus », « Allez, osez, avouez-lui ce que vous aimez sous la couette », « Dis-moi comment il se déshabille, je te dirai quelle nuit tu vas passer ». Je tournais les pages et je frémissais dans ma chambre, étudiant scrupuleusement, comme si je préparais un examen important, les précieuses informations qui s'y trouvaient consignées. Je découvrais aussi mon corps. La masturbation. Le placement du majeur et de l'index. L'exploration de l'organe. La technique de l'oreiller. De la brosse à cheveux. Du pommeau de douche. Et puis, il y avait tous ces tests, grâce auxquels le magazine me formait : « Faites-vous peur aux garçons ? », « Aimez-vous toujours le même style de mecs ? », « Comment l'aimez-vous ? Un peu, beaucoup, à la folie ? ». D'un côté, le cul, de l'autre, le cœur. Pour sûr, il ne fallait pas être lesbienne à l'époque ! Mais qu'importe. L'adolescente angoissée que j'étais passait des heures devant les « SOS bonne mine », se sentant menacée à chaque instant par le risque de devenir laide.

Je garde un assez bon souvenir du collège et du lycée. J'étouffais tellement à la maison que je ne vivais plus que là-bas. À parler de tout et de rien dans les toilettes des filles. Ou bien devant les grilles, à partager des clopes, adossée au mur, à faire durer le temps, à repousser le moment de rentrer en classe ou chez soi. J'étais née belle. Malgré mes complexes, ce capital de beauté m'offrait une position confortable, privilégiée, au sein de l'école. J'étais branchée. *In.* Je faisais partie de ces filles dont on espérait l'amitié, de ces filles par lesquelles on doit passer pour être approuvé, validé.

Par la suite, au sujet de mon corps, j'ai tout entendu, tout vu. Les regards en coin qui ne vous quittent plus lorsque vous pénétrez dans la pièce. Les gens qui se retournent sur votre passage dans la rue. Les yeux qui restent accrochés à vos fesses, même si vous portez un long manteau. Le plongeon vers les seins au milieu du repas. Les « T'es trop fraîche », « Quelle maxi-frappe ». Mais aussi : « T'as vu cette chienne ? Elle doit aimer ça ! », « Cette bouche de suceuse... » Comme s'il y avait un lien direct entre certains attributs physiques et la sexualité. La plupart des hommes se prennent pour des maîtres-esthètes qui, du haut de leur grande instance personnelle, ont le droit de vous juger. « Mouais, OK-moins, celle-ci », « T'as vu son bide ? Même pas je la touche avec un bâton ». C'est encore pire quand ils avancent en meute avec leurs épaules qui roulent, quand ils se sentent tout permis parce qu'ils se pensent protégés. Infiniment supérieurs. Ma condition féminine d'avant ? Un trou. Pas un puits, juste un trou, à mi-chemin entre le trou à rats et le trou des chiottes.

À vrai dire, je ne comprends toujours pas comment on passe, dans la tête de ces esthètes, de la voiture de course, de la grosse cylindrée, de l'arme de destruction atomique, à la pute de compétition. Je ne sais pas bien non plus ce qu'est une « pute de compétition ». J'imagine un podium de putes. Avec un jury spécialisé en putes. Des experts-putes. Sélectionnés pour récompenser une plus pute que toutes les autres. Élargie, stratosphérique, intergalactique : une pute qui se repère à des kilomètres. « Eh, toi, je t'ai vue, je t'ai vue, fais pas semblant là, avec tes airs tranquilles là, je les connais les comme toi ! Toi, t'es une... » L'homme maîtrise l'art du superlatif. Voilà, les maîtres-jugeurs ont délibéré autour de la table, ce ne sera pas Miss France, hélas, pour vous, mais vous repartez avec le très beau titre de « Salope Internationale » et de « Pute Monde ». SIPM ! On peut vous applaudir bien fort !

Il y a aussi les chevaliers blancs. Ces hommes qui vous affirmeront toujours qu'ils sont vraiment différents des autres. Qu'ils sont révoltés par le patriarcat. Engagés pour la cause, et qui vous l'assurent après avoir commandé deux pintes d'IPA en vous regardant droit dans les yeux, comme ça arrive si souvent lors d'un premier *date* Tinder. Avec cette espèce d'intensité dramatique qui pourrait être touchante si elle n'était pas tout simplement ridicule. Il y en a toujours qui réclament un droit à la différence. Des mecs qui se prétendent du bon côté. Qui ne collaborent pas. Ce sont les pires ! Méfiez-vous, toujours, méfiez-vous par-dessus tout, des hommes qui se prétendent féministes. Plusieurs fois, je les ai pris la main dans le sac. Je leur disais : « Allez, montre ton historique Google ! Montre-le-moi, et on va voir si t'as la jouissance tranquille. » De la race des faux, des manipulateurs, des menteurs, des je-n'en-pense-pas-moins, mais avec politesse, avec culpabilité, parfois. Je ne dis pas que c'est grave. Je ne dis pas non plus que c'est mal. Après tout, ça vous regarde, messieurs, d'avoir envie d'un « dressage de chienne », d'éclater une *teen* qui n'a rien demandé ou de briser de la « beurette ». Internet est devenu votre palais, un lupanar à branlettes automatiques, le dernier lieu où vous savez encore bander bien dur. Le numérique a avalé nos âmes en même temps qu'il a facilité l'achat de nos sexes.

La question revenait sans cesse à l'hôpital. Mon agresseur était-il l'un de ces esthètes ? L'avais-je croisé un jour sans répondre à ses insistants regards ? Aurais-je dû lui sourire ? Le sucer dans les toilettes publiques ?

Depuis, chaque fois que je croise un mec, il s'excuse presque de me regarder. Et quand il m'adresse la parole, on dirait que c'est pour se désolidariser de sa meute. Après tout, puisqu'on n'a pas trouvé l'autre, c'est vrai que ça pourrait être lui, ou lui, n'importe lequel d'entre d'eux. De toute façon, on n'en sait rien ! On ne sait même pas si c'est un homme, *calmos*. Tous ont l'air si coupables… Et moi si foutue.

Un soir, quelques mois après l'agression, je regardai sur Twitter ce qu'on avait dit de mon affaire.

Le *hashtag* #vitriolJussieu avait été dans les top tweet pendant trois semaines.

Visiblement, mon cas divisait l'opinion. Il y avait ceux qui se contentaient d'observer : « Elle a pris cher ! La pauvre ! » Ou bien : « Wesh, c'est un zombie la meuf ! » Ceux qui m'envoyaient leurs pensées, accompagnant leurs messages de jolis émoticônes avec des mains qui prient. Il y avait aussi ceux qui, plus sceptiques, ne voyaient pas les choses en noir ou blanc : « J'sais pas c'qu'elle a fait celle-là… Mais ça doit pas être très joli pour mériter ça !!!!! », « Dans la vie, y'a pas de fumée sans feu… » L'acide était une forme de punition. Je n'avais qu'à bien me tenir ! J'aurais dû être sage, obéissante. Dans la niche. Au pied du maître. Tirer la langue. Tout accepter. Twitter, c'était l'enfer.

Je préférais mon tableau blanc, qui me faisait voyager. Un souvenir en appelant un autre, je crapahutais dans ma mémoire pour me débarrasser des lourdeurs de l'interrogatoire. Je me sentais coupable, aussi, de revoir cette autre. Celle que je fus. J'avais l'impression de pénétrer le domaine d'une inconnue. M'était-il encore permis de vivre dans les souvenirs de Camille ? La colère montait quand j'y pensais.

J'avais passé ma vie à ne rien faire qu'attendre. Quelle conne. J'aurais dû vivre mieux, vivre plus, davantage.

Cela faisait un moment que j'avais décroché, lorsque l'inspecteur Lebrac me proposa de faire une pause.

« Vous voulez que je vous apporte un verre d'eau ? »

Avec la colère qui remuait, je continuais de fixer le tableau blanc.

C'était maintenant une toile, sur laquelle j'observais l'inspecteur se contorsionner dans tous les sens. Sa peau avait noirci, il hurlait. De larges fumées sombres s'échappaient de son corps, sa bouche n'était plus qu'une cheminée. J'avais allumé une mèche secrète et je regardais ses yeux éclater, telles des bulles de savon.

Je leur avais dit aux flics : « Ne pas arrêter le coupable, c'est me tuer une deuxième fois. C'est dégueulasse. »

Peut-on retrouver un type que ni les passants, ni les caméras, ni moi, n'ont su identifier ? Pourtant les gens sortent le jeudi soir. Je me souviens de m'être sentie si seule, sur le quai. Les gens passaient autour de moi, qui n'étais plus grand-chose. Un obstacle sur leur route. Une flaque de femme. Malgré tout, il fallait bien donner l'impression que la Police nationale s'occupait de mon affaire. Tous mes ex ont été interrogés. J'ignore où ils avaient trouvé la liste. Tous, sans exception. Même des petits coups de rien du tout.

Ils ont dû rire avec Steve.

Steve, mon barman-bagarreur attitré. Un mec « street », aux avant-bras couverts de tatouages, à la mine patibulaire, qui avait grandi à la dure dans un foyer, à Toulouse. Il économisait pour ouvrir son salon de tatouage à Quimper. Ce rêve le faisait tenir jusqu'à deux, trois heures du matin, à servir des bières à des mecs bourrés, des nanas reloues, ivres dès la première gorgée, des insistants, des agressifs, des mauvais payeurs. C'était un type coriace. Physiquement bâti comme une bête. Des muscles taillés. Le visage émacié. Des oreilles en chou-fleur. Quand on s'est rencontrés, il sortait de prison. Il ne s'en était pas caché, il me l'avait dit le premier soir. En ajoutant, la clope sucée jusqu'au mégot : « N'aie pas peur. » Son avantage, c'était l'honnêteté. Steve serait le coupable idéal. Son casier devait tenir en trois ou quatre volumes. Petite délinquance. Des affaires de drogue. Et puis, surtout, des bagarres. Moi qui ne m'étais jamais battue, qui avais toujours craint d'avoir mal, sa force, ce que je prenais pour du courage, me fascinait. « J'ai pas perdu une baston depuis 2005 », affirmait-il fièrement. Steve, qui était par ailleurs assez tendre, avait perdu le contrôle un jour, tandis qu'il suivait des cours à Chartres, dans une petite formation de souffleur de verre.

« C'était pas vraiment ma faute, tu vois. Y'avait ce type, qui me prenait pour un con, et toute l'après-midi il a traité ma mère de pute. Toute l'après-midi ! Tu vois, j'ai été patient. Je lui ai dit ! Stop ! Il était prévenu... Mais il voulait pas s'arrêter, il ne me prenait pas au sérieux. J'ai déconné... »

Steve lui colla sa canne de souffleur de verre encore brûlante sur le visage pour lui demander de se taire une dernière fois. Sa *connerie* lui coûterait cinq ans.

« Je ne pensais pas que ça lui ferait aussi mal... »

Paupière gauche, nez, lèvre, menton : tout était brûlé au troisième degré, le long d'une diagonale épaisse de trois centimètres. Rien de mieux pour sceller un type. Comme un cachet. Le renvoyer dans le silence à tout jamais. Steve avait les nerfs fragiles. C'était aussi ce qui me plaisait chez lui.

Il pouvait éclater à tout moment de violence, ou de larmes, comme par changement de substance. Je me concentrais sur ses larmes. Son chagrin, plus que sa force, le rendait désirable. Dans ses yeux, il y avait cette bouche noire, ce gouffre attirant. Quelque chose du chien battu. Il se rêvait protecteur, sans même s'apercevoir que c'était moi qui lui tenais la main. Notre amour ne dura que quelques mois, j'avais fini par entendre raison, par écouter mes copines.

Je n'ai jamais plus entendu parler de Steve. Je suppose qu'il avait un alibi solide.

Au suivant !

Les gens étaient touchés par mon histoire. Voilà ce que l'on m'apprit à demi-mot, en pensant que ça me rendrait heureuse.

« Ils te soutiennent », avait dit ma mère, les yeux trempés.

Je me fichais de leur soutien. Je voulais mon visage.

Toute sensation de joie avait disparu de ma vie.

Au moins, pensais-je, je suis encore vivante quelque part. Ailleurs, loin de l'hôpital. Mon portrait en pleine page. Mon affaire en gros titres. J'étais devenue une partie de l'actualité, j'étais entrée dans la vie des autres comme un sujet de discussion. Lors des déjeuners entre collègues, de bouche en bouche. On devait aimer se faire peur : « Tu imagines, toi ? »

C'était certain, la société condamnait globalement, majoritairement, presque unanimement, cette agression. Mon non-visage était un bon argument. Victime ! Ça plaidait en ma faveur. À part quelques dégénérés, on ne pouvait pas regarder les photos et puis se dire : « Bon, après tout... ». Mon non-visage était porteur d'une vérité indépassable.

Pour autant, j'étais un peu mal à l'aise.

Après tout, mon histoire n'appartient qu'à moi. Ça ne regarde pas les autres. Je souffrais à ce point, j'avais à ce point honte d'être ce que j'étais devenue, ce que l'on me forçait à être (à savoir : rien, moins que rien, pire que rien) que je voulais m'enterrer. Disparaître. Ne plus exister. Me fondre dans le silence. Accepter cette condition sans devenir, en plus, « quelque chose » pour les autres.

Et puis, les journaux, les commentateurs, les chaînes d'infos en continue… Ils avaient raconté n'importe quoi. L'actualité ne supporte pas l'inertie, elle doit sans cesse s'actualiser. Raconter du nouveau, fût-il mensonger. C'est ici que l'histoire vous échappe et que leurs récits commencent.

Puisqu'il n'y avait pas de coupable identifié, toutes les hypothèses étaient permises, à gauche, à droite. On trouvait les plus farfelues à droite. Selon certains, j'étais le symbole tragique de l'islamisation française. De la soumission de la République à des populations étrangères, à des lois religieuses moyenâgeuses. J'avais été chariaïsée. « Cela ressemble quand même à leurs méthodes… Vous savez que, *là-bas*, les femmes sont punies comme ça ! » commentaient les commentateurs, des avocats, des profs d'histoire, des normaliens, tranquillement installés dans leurs costumes. J'avais l'arrogance d'une complexion très française, très aryenne. Des yeux très bleus, d'épais sourcils très blonds, une peau très blanche, laiteuse, sur laquelle flottait l'azur de mon regard. « Une belle femme Blanche de chez nous », comme ils disaient aussi. La guerre des civilisations aurait fait une victime de plus. C'était reparti pour un tour. Le flot de conneries monumental qui se déversait chaque soir, en direct, à la télévision, avait de quoi surprendre. Très sereinement, les gens parlaient de racisme anti-Blancs, de décadence de l'Occident. Pour eux, la vraie blessée, c'était la France. J'étais Marianne défigurée.

Je m'interrogeai : étais-je vraiment la victime d'un adorateur du Très-Haut ? M'avait-on choisie selon des critères de décence, et d'indécence, des critères de civilisation, en somme, était-ce la faute de cette robe verte un peu légère ? Faisais-je partie d'un combat qui me dépassait ? Il est vrai qu'on associe le feu à la purification. Mais l'acide ? L'acide, c'est de la pure destruction. Avais-je pour seul tort, non d'être une femme, mais une Blanche ? Une Blanche un peu libre, plutôt athée, plutôt du genre qui s'en fout.

Cette hypothèse me frustrait, car elle s'en remettait trop au hasard. J'étais victime, je voulais au moins que ce soit pour quelque chose.

Combien de fois, au centre des grands brûlés, ai-je imaginé que l'inspecteur venait me voir pour m'annoncer la nouvelle ? À chaque fois, j'espérais, naïve, que l'on m'apporterait la seule bonne nouvelle de ma mauvaise nouvelle vie. Un nom. Je voulais un nom. Un visage. Je voulais un visage. C'était le moins que je puisse demander. « On l'a retrouvé. » Ces mots, prononcés, auraient tout changé. Comme dans les films. On sait enfin ! C'est le but d'une enquête, non ? Non seulement ils l'avaient retrouvé, mais ils me l'apportaient. Ils me le livraient entier dans ma chambre. Alors je me serais levée, malgré mes pansements, malgré mes douleurs. Transformée. Une violence nouvelle, que je n'avais pas mesurée, intérieure, animale, s'emparerait de moi, surgissant en torrent, m'emporterait comme une coulée de boue.

Tout à coup, le voyant devant moi, je deviens sauvage. Il est devant moi et je le frappe. Ses dents éclatent. Son nez s'affaisse. Je trempe mes doigts dans son sang. Mes ongles plongent dans ses joues lacérées. Je lui crève les yeux qui, percés, glissent en larmes sur son visage et je continue de frapper jusqu'à ce que ses os cassent un à un… Puis je m'occupe de ses couilles, je tiens, je serre, je tire et ça cède et tout casse.

Tout peut s'anéantir, tout peut être anéanti. Lui, moi.

Les caméras ont capturé sa silhouette.

Quatre minutes durant lesquelles il ne bouge plus. Que fait-il ? Il me regarde, c'est tout. C'est aussi pour cela que je crois à une vengeance personnelle. Sinon, il se serait enfui après avoir versé l'acide. J'ai répété la scène un million de fois. Je me mets à sa place. Je tremble de peur et d'exitation, juste avant l'acte, j'hésite encore. Et puis je pense aux risques… Ce n'est pas cohérent. Quelque chose de plus fort le poussait à agir.

Il reste devant moi quatre minutes.

Quatre minutes durant lesquelles tout peut lui arriver. Et il le sait. Mais il veut voir, il a besoin de regarder. Au fond, comme un enfant pyromane, il n'est venu que pour cela.

Son ombre est partout présente dans ma vie. Encore plus présente que la mienne.

Elle est là. Forme noire immobile qui se tient droite. Forme noire qui ne respire pas, ne bouge plus. Forme noire effrayante, menaçante, qui me regarde. Il veut voir encore, alors je lui montre. J'ouvre mon visage, j'étale ma face à la lumière de la lune.

Il croit me tenir pour toujours.

Il a besoin de voir.

C'est lui ma créature.

9

Comment a-t-il trouvé la vidéo ?

Elle a surgi, avant de disparaître, sur une plateforme du Darknet. L'adresse du site ne s'échange qu'entre internautes de confiance, car la plupart de ses contenus sont interdits. La vidéo est apparue et l'homme s'est empressé de la télécharger.

Quatre minutes, trente-sept secondes. Une vidéo amateure, tournée au téléphone portable. La main de celui qui filme devait trembler un peu trop fort, alors on a décidé de retravailler l'image pour éviter les zébrures, les surimpressions de couleur, le flou et tout une brume visuelle liée à la précipitation. Depuis, quelque chose d'artificiel s'en dégage, comme si un mouvement fantôme traversait le cadre.

Le pire, c'est le son. Les hurlements qu'on entend donnent le vertige. Des cris stridents qui percent les tympans. L'image tressaille encore un peu, elle saute. Elle est granuleuse à cause de l'obscurité. Elle se trouble et s'abîme dans un sable tacheté de halos colorés, sans doute lié à un défaut d'enregistrement et à l'incandescence des spectres lumineux qui, dans la station de métro, découpent la scène.

On y observe le corps. On ne voit que lui.

Là, au milieu, à moitié étendu, cassé, débordant de douleur.

Le spectacle est insoutenable.

L'homme a vite compris qu'il s'agissait de la femme de la télé, celle dont on a parlé partout. *Une jeune femme agressée à l'acide dans le métro.* Un mardi ou un jeudi soir. À Paris, à moins que ce soit à Lyon ?

La vidéo est sans trucages.

On la voit d'abord de dos. Elle marche, quelques mètres devant celui qui filme. Elle marche avec légèreté, élégance même, sans se précipiter. Elle tourne la tête d'un coup, se fige. On ne voit pas très bien ce qui s'est passé, mais on devine qu'elle a reçu quelque chose. Elle se retourne, touche son visage, grimace, puis tourne encore. L'acide commence à faire effet. Ce truc la transforme. Comme un mauvais sort. C'est là que le spectacle commence. Elle crie pendant quelques secondes, elle se débat, puis tombe à genoux, puis s'effondre près d'une poubelle, à côté des chaises jaunes. Personne n'intervient. On dirait une boule de chair, un tas de peau mal dessiné, grossier, qui lutte contre lui-même.

On ne sait jamais qui filme.

Après quelques instants d'un plan large, le cadre se resserre. Soit que la caméra se rapproche, soit qu'elle effectue un zoom progressif. On distingue plus clairement les traits de la jeune femme, malgré ses cheveux qui lui recouvrent la face comme un linceul.

Les ravages de l'acide s'observent sur la peau.

Tout s'échappe de son visage. On croirait qu'un masque s'est formé par-dessus le chaos des chairs.

Sa défiguration s'accomplit. C'est cela : le visage se désincarne à petit feu. Comme si la chair se retournait sur elle-même. Comme si elle se rabougrissait, comme si on la faisait bouillir. La femme dégouline, sa peau se lézarde et son regard de déjà-morte est éteint. Elle est ailleurs. Elle semble fixer un point, à genoux, hors du champ, derrière le cadre.

On dirait qu'elle prie.

Dans son dos, un nouveau métro s'engage. Bruit métallique du train qui arrive en gare.

D'un coup, sa tête tombe, frappe le sol lourdement.

La vidéo s'arrête.

Personne n'a mentionné l'existence de ce film, ni à la télévision, ni sur Internet. C'est comme s'il n'existait pas. L'homme a-t-il rêvé ? Il y a souvent pensé. Il lui arrive parfois, à force de ne pas sortir, à force de ne plus compter les jours qui passent, de se laisser surprendre par l'épanchement de ses fantasmes, d'être un peu crédule. Plusieurs fois, il a cru à des informations fausses, sur Facebook ou Twitter, il a souvent partagé, repartagé, des vidéos qui n'étaient pas vraiment ce qu'elles prétendaient être. Il ne sait pas toujours faire la différence entre le *hoax* et le vrai.

Cette fois, il pourrait s'agir d'une reconstitution un peu malsaine. D'une mise en scène de fans de films d'horreur et d'effets spéciaux. C'est le genre de vidéos virales dont le Net raffole. Possible, oui. Ce peut être un *deepfake*. On trouve des fans de tout. Des types un peu paumés qui s'amusent sur le Web avec talent.

Pourtant, l'homme ne veut pas y croire. La vidéo semble trop vraie. Trop brutale.

Il a eu de la chance.

D'habitude, les vidéos restent au moins quelques minutes sur le site. Pas celle-ci. Apparue pour disparaître, comme si elle avait été ajoutée par erreur, comme si on avait regretté, au dernier moment, de l'avoir postée. Comme si quelqu'un, derrière son écran, souhaitait finalement la garder pour lui.

Elle a un nom qui n'en est pas un.

UNKNOWN-1.MOV. C'est tout ce que l'on sait. Comme si son créateur n'avait pas même osé la baptiser.

C'est un chef-d'œuvre.

D'habitude chaque vidéo est accompagnée d'une description plus ou moins exhaustive, *tags* et *hashtags,* qui permet son identification et facilite son usage, en formant une arborescence de contenus liés. Rien de tout cela ici.

Le porno est un art du catalogue. Son succès sur Internet est directement lié à la maîtrise d'une classification précise et rigoureuse des formats qu'il créé, produit, exploite et diffuse. Ces catégories cumulatives sont actualisées en fonction des tendances, des modes, des lois et des géographies. Le porno, c'est toujours didactique. Pas cette fois.

L'homme parcourt ce site, upickurroom.net, quinze à vingt fois par jour. C'est énorme, se dit-il. C'est trop. Au départ, il contrôlait sa consommation. Mais rapidement les images, leur succession, leur frénétique chevauchement (nouveauté, nouveauté, nouveauté !) ont capturé son esprit. Pour ne rien manquer, il faut être toujours connecté. Toujours chercher. Toujours se perdre.

C'est simple, il pense tout le temps au site. Ne prend plus la peine de changer de jogging. Il s'installe à sa table, qui lui sert aussi de bureau, fouille dans les *rooms* à la recherche d'une dernière, d'une ultime excitation pour la nuit. L'excitation suffisante et nécessaire qui lui offrira un orgasme solide, assez puissant pour l'envoyer droit dans le sommeil.

On ne sait jamais sur quoi on peut tomber. C'est toujours une chute. Quand l'homme télécharge une vidéo, sans en connaître précisément le contenu, sans lire sa description, il est excité comme l'enfant qui déballe son cadeau, seul au pied du sapin.

Les contenus sont souvent durs à regarder. C'est une règle tacite sur le *darknet*, on ne convoite que ce qui dérange. Le reste, le *mainstream*, finit sur Pornhub, YouPorn ou XHamsters.

C'était un projet libertaire au départ.

Parfois ce sont des enfants, d'un âge variable (les cinq-six ans, les dix-treize ans, puis les ados), parfois des animaux, parfois des cadavres. Beaucoup de ces films sont volés ou piratés. Il y a aussi des studios indépendants, spécialisés dans l'ultraviolence, qui y écoulent leurs productions.

On trouve aussi du sexe capturé par des caméras hackées, ou bien tout simplement cachées dans des vestiaires, dans des toilettes (certains aiment voir la pisse jaillir depuis le sexe d'une femme ou d'un homme, voir la pisse couler, la pisse ou la merde d'ailleurs). On parle de *Hidden cam.*

Pour être tout à fait exact, c'est plus qu'un site, c'est une communauté.

Toute une société s'anime, jour et nuit, depuis l'Europe, depuis l'Afrique, depuis l'Asie, depuis l'Amérique. Elle se connecte à toute heure. Certains internautes le sont 24 heures sur 24. On ne saurait dire s'il s'agit d'esclaves ou de gardiens. On ne voit jamais leurs visages.

Le site est organisé par *rooms.* Chaque *room* a sa spécialité. Sur la première page, on trouve le forum général.

Il permet une vision panoptique, c'est la porte d'entrée. On y voit tous les contenus échangés, ajoutés, ceux qui s'additionnent, ceux qui se suppriment, les commentaires, les nouveaux comptes, les liens externes partagés. Il y a même des petites annonces. Certains font du *trade*, c'est-à-dire qu'ils revendent contre des bitcoins telle ou telle vidéo. Le plus souvent des sextapes pirates. C'est le cas de cet informaticien, Jo_', qui profite de son travail de dépanneur informatique pour récupérer tout ce qu'il peut et le revendre ensuite. Les gens lui ouvrent leur intimité. Il se sert. C'est un *business*. Et puis, il y a les autres *rooms*, verrouillées par un mot de passe afin de contrôler les allées et venues des membres. On ne sait jamais bien ce qui s'y passe. Les utilisateurs se méfient des infiltrations. Certains internautes ont déjà été arrêtés. On sait que la police patrouille. Qu'elle a des brigades pour cela.

Malgré l'apparente « ouverture » du site, des règles strictes existent. Il faut montrer patte blanche et entrer dans les standards fixés à l'intérieur de chaque *room*.

1) Les contenus doivent être originaux. *No fake here.*

2) Les contenus doivent être brutaux et répondre à une classification rigoureuse (zoophilie, pédophilie, nécrophilie, viol, etc.).

3) Pour être accepté dans une *room*, chaque membre aspirant doit proposer un contenu inédit. Libre à lui de tourner une vidéo, de la voler.

4) Les membres inactifs sont supprimés, obligation de commenter tous les contenus, d'interagir régulièrement. *Don't fuck with us.*

5) Etc.

Dans les *rooms*, ça discute beaucoup et l'homme aime ça. Depuis quelques mois, il n'a conversé que par messagerie instantanée. C'est plus simple, on se dévoile plus facilement, plus intégralement, on n'a pas peur de ce que les autres penseront. On est tous là pour la même chose. Et si la conversation, par malheur, tourne mal, on peut toujours s'entre-bloquer. Tout effacer en un clic. Sous la protection du VPN.

L'homme est un membre apprécié de la communauté. Il a même reçu une médaille virtuelle, récompense réservée aux plus assidus. Il se masturbe en silence, après avoir commenté la vidéo d'un tel, la photo d'un autre, après avoir modéré tel ou tel contenu. Au départ, dès qu'il avait joui, il se déconnectait avec angoisse et culpabilité. Regardant sa main poisseuse et les traces du sperme sur son tee-shirt, il se sentait criminel. Ce n'est plus le cas désormais.

L'homme ne s'intéresse pas à la pédophilie. Il a essayé une fois, pour voir. Mais les gamins ne l'excitent vraiment pas. Quelque chose en lui se braque. Le sentiment du mal est trop fort, et même s'il sent qu'en se forçant, qu'en forçant tout court, en se départissant des remords, il pourrait y prendre du plaisir, il résiste.

Ce qu'il préfère, ce sont les vidéos volées, qu'importe le moyen, tant que la vidéo est là. Certains utilisateurs se connectent pour poster un film de leur copine, de leur femme. Certains films sont montés, d'autres non. Parfois c'est une compilation, parfois juste une exhibition. Il y a des vidéos envoyées au travers d'une discussion érotique. Des vidéos filmées à deux, pendant les ébats. Celles filmées à l'arrache, sans que l'autre soit au courant. D'autres internautes postent leurs trophées en ajoutant : « Voilà mon vide-couilles, branlez-vous ! », « Mylène a besoin de sperme pour vivre », « *Wanna cum-tribute ?* ».

Le *cum-tribute* est presque un art du Net. D'ailleurs, c'est une pratique obligatoire pour entrer dans certaines *rooms*. Une sorte de pacte de sang. Il faut y mettre du sien. Le principe ? Prenez une photo ou une vidéo et branlez-vous. Tout est filmé. Idéalement, pour que cela soit jugé réussi, il faut que le foutre vienne asperger l'écran. Un contact de la matière. Il faut recouvrir le corps qui fait jouir à distance, surtout le visage. C'est ainsi qu'on l'honore. Vous venez de cum-tributer à la communauté, bienvenue. C'est une façon pour ces hommes d'affirmer leur présence. Le chien fait pareil quand il urine dans l'herbe.

L'homme ne se pose plus la question de la morale. Le bien et le mal lui semblent être des concepts trop abstraits. Il se fie à sa conscience, même si elle est assez silencieuse ces derniers temps. Ses limites intérieures ont craqué. Et puis, Internet empêche de se sentir trop responsable. En ligne, on est toujours à demi concerné. On a dû mal à croire qu'un simple clic puisse constituer un crime. On ne fait que violer, à distance, des intimités. Et violer une intimité, ce n'est pas si grave. De toute façon : la vidéo est là. Une fois qu'elle y est, une fois qu'elle est postée, elle ne partira pas. Elle ne partira jamais. Elle sera repostée, circulera lentement, secrètement. Se diffusera toujours. La mise en ligne a des conséquences exponentielles.

L'homme profite des contenus, allant deçà, delà, de partage en partage. Lorsqu'il visionne la vidéo choisie, il jouit avec violence. Ce n'est pas grand-chose. Mais c'est toujours ça de pris sur la vie. Certains fument, d'autres boivent, lui se branle. La masturbation l'empêche de penser. L'avantage, dans cette société d'hommes désœuvrés, c'est que personne n'essaie de sauver les apparences. Le naufrage est assumé. Transparence totale. On peut y aller à fond. « Son trou du cul est fait pour être usé. » « Elle mérite de se faire baiser encore plus fort ! FUCK THIS BITCH. » « Cette pute me rend dingue, je vous jure. Je me branle sans fin sur sa gueule. »

C'est par défi, croit-il, que les choses ont commencé.

Le sentiment d'horreur, la sidération qui vous submergent quand vous tombez sur un contenu interdit. Le cœur qui se serre. Les tripes qui se rompent. La peur. Les joues qui deviennent rouges. Le cœur qui palpite. Vous êtes seul et, pourtant, vous avez déjà honte. Vous fermez les volets. Vous éteignez les lumières.

Un jour, il a vu une femme blonde sodomisée par un cheval. L'homme avait déjà entendu parler de ce genre de vidéos. Un fermier est même mort, parait-il, parce que le sexe de l'animal, s'enfonçant trop loin, a déclenché en lui une hémorragie interne. Il n'a pas regardé la vidéo de la blonde avec lubricité, mais plutôt comme un spectateur de cirque. Avec inquiétude.

Le désir efface vite son dégoût.

Il se branle.

La vidéo du crime le renverse.

Il n'a jamais rien vu de semblable.

Lorsque la vidéo se lance pour la première fois, lorsqu'il découvre les images, il ne comprend pas. Le décor urbain de la station de métro. Cette femme de dos qui avance. L'homme a déjà sorti son sexe, il se masturbe d'avance.

Et puis ça arrive.

En quelques secondes, la vidéo se transforme.

Elle devient monstrueuse.

La panique s'empare de lui.

Ses mains tremblent. Il ferme brusquement l'ordinateur, le balance sur son canapé, loin, comme pour éloigner les mauvais esprits. Il se lève d'un coup. Ses jambes le portent à peine. Il court jusqu'à sa box internet, débranche tout. Il a chaud, il se sent coupable. L'appartement est silencieux. Il se sent criminel. Il a peur. Il n'aurait pas dû télécharger cette vidéo. Est-ce un piège ? Il a été piégé. Bientôt tout le monde saura. Qui il est. Ce qu'il fait. Les images s'entrechoquent dans sa tête comme des échos qui repassent en boucle.

Il suffoque.

Par réflexe, il jette sur ses épaules sa veste épaisse, grise. Met ses baskets. Il sort prendre l'air. Dehors, le crissement des voitures lui paraît agressif. L'homme regarde à gauche, à droite. Il a les membres lourds, la tête pleine, l'impression d'être une pierre ou un déchet. Il se rassure en observant les autres. Toutes ces têtes qui fusent, qui plongent quelque part. Ces gueules qui rient, passent devant lui sans même un regard. Parfois le poussent. Il est de trop. Surnuméraire. Il se dit soudain qu'il est peut-être suivi. Il fait le tour du quartier, passe devant un kébab encore ouvert et un groupe de jeunes gens qui discutent au pied d'un immeuble. Il se sent dévisagé. Il a vu sept voitures passer en neuf minutes. C'est beaucoup. Mais le monde vit avec cette même innocence besogneuse, d'amitié en amitié, de verre en verre. Toute la nuit. Le monde ne s'est pas arrêté, il ne s'arrêtera pas. L'homme pense aux conséquences d'un clic. Des articles de loi lui reviennent en tête. Il sent la froideur des menottes. Et la honte le suit comme une mauvaise odeur. Comment pourrait-il expliquer à quelqu'un ce qu'il fait, ce à quoi il consacre ses journées depuis deux ans ?

L'homme aimerait ne jamais avoir téléchargé la vidéo.

Qu'elle n'existe tout simplement pas.

Mais lorsqu'il retourne chez lui, un peu plus calme, il sait qu'elle l'attend au fond du disque dur, bien planquée au milieu des vis, du plastique et des composants électroniques de son ordinateur.

L'homme regarde tout.

Comment expliquer ce qu'il ressent face aux images ?

C'est insoutenable, à vomir.

L'homme s'y reprend à plusieurs fois, laissant le film en pause, image figée, tournant la tête à droite, puis à gauche, observant son salon miteux. Un bordel pas possible. Des emballages plastiques, des poubelles pleines et des papiers divers jonchent le sol. Il ne fait plus le ménage. Il ne fait plus grand chose.

Quand il se sent prêt, il relance la vidéo.

Immédiatement, la vision l'irradie. Elle le contamine. Ses membres se crispent, son cœur accélère, quelque chose en lui se dilate, sa bouche s'assèche. Il a froid. Des frissons lui couvrent le corps et le secouent comme un mouvement sismique. Seul le mur dans son dos lui permet de se tenir droit.

Cette douleur qui brise la figure de la jeune femme, le surgissement d'autre chose qu'un visage, au milieu des cris : il a une sensation de vertige qui lui rappelle ces nuits d'étoiles, ces nuits pleines d'étoiles qu'il guettait d'en bas, jadis, allongé sur un transat en Auvergne, avec ses parents. Cette impression que le ciel se livrait sous ses yeux, en étouffant face aux étoiles filantes, aux mouvements stellaires, qui semblaient se décrocher du ciel pour s'échouer en pierres lourdes et fatiguées, pour venir tout raser sur la Terre.

Cette vidéo est une catastrophe.

Elle ne devrait pas exister. Dès la première seconde, l'homme est pris. Il est fait, capturé par l'image.

Ce qu'il ne comprend pas, c'est l'excitation qu'elle lui procure.

Une excitation qui grimpe en lui comme du lierre, comme les tentacules d'un poulpe qui vous aspirent la chair avant de remonter sur le corps. La vidéo de la femme est là, présente comme une image fixe, au milieu de son crâne, au milieu du feu. C'est l'incendie permanent. Elle fait monter en lui un désir qui ravage tout, l'emporte à nouveau, tandis qu'il lutte à contre-courant. L'homme n'a plus prise sur rien, la coulée de boue est intérieure, elle lui sort par les narines, la bouche, par tous les pores. C'est un désir total et continu.

Cinq jours ont passé. Il n'a plus aucun contrôle.

Les dernières digues s'effondrent.

L'homme a besoin de voir, de voir encore, et de revoir les meurtrissures de ce visage. Son agonie.

Il a besoin d'entendre encore les cris qui viennent, peu à peu, se mêler aux gestes d'horreur, jusqu'à ce que l'image implose, que quelque chose se rompe dans sa tête, pour ne laisser qu'un ultime spectre lumineux, celui d'une peau à jamais atteinte. Révélée.

Comme il sait si bien le faire, après avoir joui, l'homme se jure de supprimer la vidéo. Il parvient presque à s'en convaincre. « C'est fini ! Terminé ! Tu m'entends ?! » Il ouvre la télévision en espérant être délivré. En espérant que son attention se pose sur autre chose. Il regarde des milliers d'images qui défilent chaque minute, TF1, France 2, M6, le zapping, priant pour ne pas croiser son propre reflet dans le téléviseur, lorsqu'il s'assombrit. L'homme ne se regarde jamais, il se trouve trop laid pour cela, avec sa peau luisante, ses pommettes trop prononcées, son grand front bombé, sa gueule grimaçante. En le voyant, on a toujours eu l'impression qu'il était triste. Même quand il sourit, on croirait qu'il pleure ou qu'il crie. La honte l'accable. Son sexe lui fait mal.

Il s'est masturbé pendant près de dix heures aujourd'hui.

« Je te supprime ce soir ! Fini ! »

Il jure encore, pour se donner un peu de contenance, pour se convaincre.

Il déplace la vidéo, la jette dans sa corbeille. Mais n'efface pas.

L'homme ne connait plus que le désir.

Il s'est réfugié en lui comme dans une grotte. Depuis longtemps, peut-être par faiblesse, le sexe réel ne l'intéresse plus. Ce qu'il désire, c'est sa vérité. Et les amants mentent toujours. Celui qui couche joue, trompe avec son masque de peau. C'est un risque. L'homme s'est enfermé dans un monde d'images avec la volonté de fuir toute action véritable. Adolescent, il a bien fréquenté une Marie, puis une Caroline. Il n'a jamais trouvé en elles que le reflet de sa propre laideur. Le voyeurisme aurait pu le satisfaire. Il existe des lieux pour cela, on lui a parlé d'un sauna, mais il n'a jamais osé en franchir le seuil. La peur d'être vu l'immobilise.

Alors, il s'est enfermé dans cet autre monde. Celui du porno, soft d'abord, et des cam-girls. L'écran le protège. Il peut être nu, sale. Avoir des pensées nauséeuses et le regard vitreux. Commander à une petite chinoise, depuis son clavier, de se dilater le cul. Il est à l'abri. L'homme explore ce monde pour jouir d'une vérité qu'il traque, qu'il aimerait découvrir comme un corps qu'on dévoile à la morgue. Il faut être voleur. Se placer dans l'interdit, avide d'observation, et dérober l'instant. La vérité circule toujours dans l'image. Mais elle doit être violentée.

La pornographie lui a semblé être une possibilité viable, en accord avec son tempérament timide. Certes, dans le porno *mainstream* on joue mais, espérait-il, au bout d'un certain temps, la vérité (l'orgasme, la jouissance, l'extase) vient briser le corps. La simulation s'écroule dans un gémissement.

Le porno est plein de toc. Y règnent les fonds de teint, les faux seins, les bites surgonflées et le sperme factice. L'orgasme est mécanique. Chronométré. Il ne dit rien de celui qui jouit. Sans parler du scénario pitoyable, de la violence souvent feinte des gestes, des cris exagérés qui noient toute sincérité, des découpes, des accessoires et des lumières. C'est du plastique. Les acteurs ne se dénudent pas.

Ce qu'il scrute, lui, c'est l'intimité des êtres.

Voilà pourquoi il passe des heures à chercher.

Parce qu'il a besoin d'une sorte de films très particulière.

Dès le départ, ce fut une quête boulimique. L'homme passait de catégorie en catégorie, il les explorait toutes, cherchant celle qui lui conviendrait le mieux. Il y consacra d'abord une heure quotidiennement, puis deux, puis trois. Cette activité finit par occuper ses journées. Des femmes nues, il en a consommé des milliers, des milliers de milliers. Il ne sait pas combien de seins, de bites, de culs, de chattes, de traînées de sperme, de coulées de cyprine, d'orgasmes, de claques, de gifles, de sodomies, de cunnilingus il a visionné.

Docilement, les vidéos défilent sous ses doigts : *tits, ass, pussy, deep, trash, whore, anal, skinny, bitch, arabian, doggystyle, blowjob, cuckold, teen, rough, splitroasted*... Nouvelles colorations de peaux. Nouveaux âges. Nouveaux décors.

Pendant des heures, dans son salon, dans sa cuisine, dans sa chambre, il attend que l'émotion jaillisse au milieu des pixels. C'est un désert. La nuit, il ne rêve plus de rien, aucun fantasme, ses rétines sont épuisées, son sexe le brûle, des rougeurs apparaissent sur sa peau, elle craque. Sa sexualité est abrasive.

L'avidité grandit. L'homme a besoin de jouir plus, de consommer davantage. Quatre fois. Cinq fois. Six fois. Dix fois. Jusqu'à ne plus jouir que du vide. Il souffle, ferme les yeux. Et le ressac du désir l'emporte. Les images appellent d'autres images. Sa chute se poursuit.

C'est en cherchant la vérité des corps qu'il s'est tourné vers des vidéos plus violentes.

Un mardi soir, sautant d'onglet en onglet, de lien en lien, il est entré dans l'univers du hard. L'homme y prend goût. Parce qu'il lui semble que dans les larmes, que dans les cris, au milieu des coups de poing, des jambes brutalement écartées, de doigts sales fourrés dans le vagin ou dans l'anus, d'une sodomie non consentie, brutale, d'un *ass-to-mouth*, fussent-ils simulés, surgit non pas le réel, mais l'humanité. Ce qu'il apprécie, c'est ce moment de vrille. Quand le regard, la respiration échappent au projet de l'image. Quand la capture échoue. Il se souvient de cette femme, recouverte de semence, avalant scrupuleusement ce qu'on lui imposait. D'un coup, son visage se modifie. L'angoisse et le dégoût parasitent la scène.

La femme voudrait être ailleurs, tandis que l'homme jouit.

Il est le spectateur indésirable. Le passager clandestin. Celui qui ne profite pas du spectacle, qui ne le regarde que de biais. Celui qui s'aventure au milieu de la bouche, dans le blanc des yeux, sur un grain de beauté, celui qui déchiffre sur le visage les émotions réelles.

Là, maintenant, il y a du vrai. Passage du jeu au réel. Surgissement brutal de la vérité. Pleurer, jouir, refuser, tout est affaire de grimace.

Le plissement plus ou moins perceptible du visage, le renversement des yeux, le retournement des lèvres, les larmes qui font couler le maquillage, la bouche qui s'ouvre pour former ce grand O, c'est ici que tout se joue. Dans le déchirement du visage. Dans cette grimace qui le déchire, qui n'est rien d'autre que la manifestation du vrai. Un masque qui démasque.

L'homme en a l'intuition, il existe quelque chose qui va par-delà la poésie, par-delà la philosophie, par-delà ces mondes qu'il ne connaît pas bien et dont il se méfie. Une vérité qui se fait chair, qui se parle dans une langue de matière. Hors limites.

C'est ce mystère qui l'attire.

Tous ces hommes, toutes ces femmes qui baisent et qui souffrent ont comblé quelque chose dans sa solitude. Il voit en eux comme des frères.

Le monde du dehors n'a plus aucun intérêt depuis qu'il a fait cette découverte. Les vidéos suffisent, son désir suffit, sa jouissance est tout. C'est un centre. Un point. Les uniques bornes de son existence.

Avec la grande brûlée, c'est encore plus fort.

Il la regarde, seul, là, dans son salon décoré à grand-peine, où une tache d'humidité se dessine sur le mur de droite, comme un crabe, où quelques cartes de villes jamais visitées sont accrochées, comme des reliques fictives, où des livres sont rangés sur une étagère, la seule, envoyés par ses parents, parce qu'ils s'inquiètent. Son canapé est au milieu de la pièce. Il est à peine assez grand pour étendre ses jambes. Acheté d'occasion, il est composé d'un tissu qui gratte la peau, mais quand même assez confortable pour s'y asseoir la journée.

L'homme est là face à son martyre.

Il se demande parfois combien de personnes ont accès au film. Existe-t-il d'autres gens comme lui ? Fascinés par ce qu'ils ont vu, ce qu'ils voient ?

Il aimerait être le seul. Il n'a jamais revu la vidéo sur le site, ni ailleurs. C'est bon signe.

Recroquevillé, il caresse la brûlée en posant ses mains sur l'écran, il aime la voir se dévoiler, enlever son masque de peau. Il aime que son visage ne soit qu'une déchirure.

Cet être ne peut plus mentir. Dans sa mise en pièces, cette femme ne peut rien faire d'autre qu'être elle-même, se maintenir, durer, ne pas même penser à sauver, à préserver quelque chose. Elle ne peut qu'être là. Subir.

Son cri, à la fin du film, en témoigne. On dirait qu'il vient d'ailleurs, plus exactement, qu'il vient de partout. C'est quelque chose qui remonte, qui est remonté depuis le ventre, là où tout se joue, quelque chose qui s'est infiltré en écho au travers des organes, qui passe dans le corps et le soulève comme d'une main. Elle meurt en élevant la voix.

L'homme traque à chaque seconde l'éclosion du réel sur le visage détruit, tandis que sa main fouille entre ses cuisses. Comme s'il devait s'exciter pour oser avancer seul sur cette voie dangereuse. Désirer la mort.

8

Saviez-vous que la peau représente un tiers du poids du corps humain et, dépliée, une surface d'environ 2 mètres carrés ?

Les gens comme moi ne sont pas faits pour vivre. Nous arrivons à un tel niveau de destruction que c'est absurde de se relever. Un peu comme un mort qui sort de terre ; ça doit lui faire drôle de se réveiller dix, quinze, trente ans après la vie. On n'y pense jamais, à ça. La terreur du mort-vivant. Parce qu'on fait d'eux des monstres, de ridicules monstres au cerveau tout petit et qui ont faim. Imaginez un peu votre peau nécrosée, votre corps, vos muscles, bouffés par les vers. Et il faudrait pouvoir marcher après cela ?

Quand je suis sortie du coma, je me suis dit : c'est pas vrai, je ne peux pas être en vie, plus maintenant, pas après tout ça. Le cauchemar n'était plus tant l'agression, dont j'avais un souvenir imprécis, que le fait d'être en vie, de pouvoir respirer, entendre. Et puis, il y avait la douleur, malgré les antalgiques, malgré la morphine. L'impression d'être déchirée à l'intérieur comme à l'extérieur. Qu'on me mutilait encore avec une planche de clous. Je voyais difficilement. Mes muscles, encore endormis, ne répondaient plus. Mon esprit était prisonnier d'un corps ennemi, complètement HS. Et mon cœur, ce cœur que je ne sentais plus battre…

Seuls les pansements qui recouvraient mon visage, mon cou, mes mains, m'empêchaient de mesurer l'ampleur des dégâts. D'observer mes lésions, de comprendre ce qui me faisait si mal. De toucher. J'étais mise à distance, coincée dans une pièce blanche, des machines à mes côtés, avec des tubes, des fils, des capteurs qui me reliaient à elles. Tout cet espace semblait avoir été construit, aménagé pour me maintenir en vie.

Des sensations, des phrases, des mots me reviennent parfois. Le nettoyage des lésions sur le visage, le crâne, le cou. La lutte contre les escarres blanches et la peau cartonnée. « Cartographie exacte à venir. Intervention urgente. » Le placement sous assistance respiratoire. L'intubation. « Haute concentration d'oxygène. » L'injection par intraveineuse de benzodiazépines et d'alprazolam. De morphine et de fentanyl. La sonde gastrique. La gestion, le contrôle, la surveillance de toutes mes fonctions vitales et biologiques par des machines médicales. Le bloc opératoire. Brûlée à 17 %. Un kimono stérile, une charlotte, des gants, des masques. La ronde des infirmiers autour de mon corps à la recherche de nouvelles blessures. L'excision des peaux nécrosées. Le rasage des poils et des cheveux. L'autogreffe pour les lésions profondes. Dermatome réglé sur 0,25 millimètre. Quadrillage de peau. Les lambeaux. La fermeture du canal naso-frontal. La résection de la paroi postérieure du sinus. Ils me ponctionnèrent d'un peu partout, prélevant çà et là de la chair saine. Mon corps avait été réduit en pièces censées s'emboîter à nouveau, c'était une opération de Rubik's Cube. Trouver des implantations compatibles. La technicité médicale m'effraie encore.

Il n'y a pas de place pour la prière au milieu des machines.

Autrefois, l'homme pouvait s'en remettre à autre chose. L'espérance, la foi, la mystique, faisaient partie du remède. Les dieux ne servaient pas uniquement de témoins, plus ou moins compatissants, plus ou moins cruels, ils étaient aussi des guérisseurs. De même que la nature apportait au corps et à l'âme des antidotes variés. Que m'aurait-on fait avaler à cette époque ? Les gens ne réalisent pas à quel point l'Antiquité est une ère païenne, presque *punk*. On dit « les Grecs » et on pense à Platon, à Aristote. La raison incarnée. Il suffit pourtant de lire quelques pages du manuel de pharmacopée de Pline l'Ancien. Pas plus raisonnable que les camés de la porte de Clignancourt. Tenez : « Les femmes accouchent plus facilement si elles ont absorbé de la fiente d'oie dans deux cyathes d'eau, ou les sécrétions qui s'écoulent de la matrice d'une belette par sa vulve. Manger des escargots accélère l'accouchement, les appliquer avec du safran aide la conception. » Moi, je pouvais seulement supplier le tranchant du scalpel.

« On va pas se mentir, c'est quand même impressionnant », avait glissé, à l'oreille de ma mère, mon oncle François, dernier, peut-être seul rigolard de la famille, en pensant que je dormais.

J'avais fermé les yeux dans l'espoir que tous quittent ma chambre, cessent de me regarder. Mon oncle ne reviendrait plus.

Le plus grand danger à ce moment-là, c'est eux. Quand on les voit débarquer, avec leurs yeux englués de larmes, poisseux comme des mouchoirs usagés, le regard vraiment noyé, avec leurs mains qui se frottent les unes aux autres, leur bouche ouverte, leur visage qui essaie de sourire, mais qui ne peut pas, qui ne peut pas s'inverser, leur respiration grave, lourde et solennelle comme celle d'un président en temps de guerre…

Ils sont tous venus, même mon père, plus tard.

J'entendais leur voix sans toujours les reconnaître, parce qu'ils n'avaient pas le droit de s'approcher, au départ, parce que, ensuite, ils n'oseraient plus s'approcher. Parce que j'avais trop mal, aussi parce que tout se perdait pour moi dans le brouillard.

Je voulais quand même que ma mère vienne. Je réclamais ses bras, j'avais besoin qu'elle me serre fort contre elle. Mais dès que j'y pensais, ou bien dès qu'elle était là et que l'émotion perçait, en elle, en moi, comme une lance, je voulais vite faire marche arrière, qu'on me passât la télécommande. Vite ! Retour, accéléré, pas elle, pas ma mère, pas possible, pas moi. Chaque émotion me ramenait à la vie. L'odeur de ma mère suffisait. C'était révoltant, je me sentais vivante pour mieux souffrir d'être morte. Je ne pouvais pas accepter. Alors, j'exigeais son départ, le retrait de sa main, l'effacement de sa parole, la disparation de son regard.

« Ma biche, ça va aller. »

Elle serre avec délicatesse ma main blessée. Quelques doigts suffisent. Je me souviens de la pression ressentie pardessus le pansement. C'était la première fois que l'on me touchait gratuitement. Ce genre de trucs me faisait craquer. J'avais envie de lui tomber dans les bras, après l'avoir maudite de mille mots. Malgré la douleur et l'immobilisation, j'éclatais en larmes, j'avais l'impression que tout mon corps pleurait de cris et de larmes sèches, invisibles. Mon œil exorbité me piquait, mon souffle était rompu. Je respirais si mal. Je suppliais ma mère de me prendre dans ses bras, de me tenir sur ses genoux, de caresser mes cheveux, d'embrasser mon front. Impossible. Je voulais sentir sa main glisser dans mon dos, ses ongles me chatouiller, comme avant. Impossible. J'avais besoin qu'elle me dise, elle, que ça irait, il fallait qu'elle le dise, elle m'avait donné vie, elle m'avait protégée, elle devait m'aider, le remède devait venir d'elle, j'étais prête à lui téter les seins. Tout recommencer. Impossible. J'avais envie de mourir et d'être protégée. De mourir pour être protégée. Je demandais pardon à ma mère, qui pleurait elle aussi, qui passait des heures à pleurer, qui devait sortir de la chambre pour pleurer, que j'entendais renifler dans le couloir. Se moucher. Tousser. Vomir. Dans ma tête, je hurlais. Pardon, pardon, maman, pardon pour tout, pardon pour ce qui arrive, pardon de te faire subir ça, pardon de ne pas avoir pu l'éviter, pardon d'être si nulle, pardon d'être faible, pardon de ne pas te rendre heureuse, de ne plus pouvoir rien faire, pardon maman, pardon...

C'est étrange, ce besoin d'implorer le pardon, moi qui ne croyais à rien, qui étais née sans dieu. D'une certaine façon, ma mère était Dieu puisqu'elle était tout. Point d'origine et de fuite. C'était toujours vers elle, vers eux, que je revenais, quand ça allait mal, dans leur petite maison de petite ville, avec ses petites chambres, toujours bien rangées, aux draps blancs qui sentent la lessive fraîche, toujours prêtes à vous accueillir. Mon père, lui aussi, avait l'air d'y vivre comme un touriste, avec la même mauvaise volonté. Le bien-être de ma mère ? On eût dit qu'il s'en fichait, il avait déjà assez à faire avec le sien. Et moi ? J'en rajoutais une couche. Avant l'agression, j'adorais faire culpabiliser ma mère, c'était plus fort que moi. Comme par instinct de revanche et de détestation, je devais lui montrer que tout était de sa faute, que tout arrivait par sa faute. C'était peut-être une façon de me protéger de sa dépression. Ne pas la considérer comme une victime. Les mères sont des coupables parfaites. Elles encaissent. Ainsi, à chaque visite, lui disais-je, au détour du café, pendant l'apéritif, avec ou sans invités autour, qu'elle aurait pu faire mieux, qu'elle aurait dû faire mieux, que tous ses choix avaient une odeur de lâcheté. Je faisais jouer la rivalité en la comparant à d'autres mères, parfois même à des mères fictives. Je piochais des exemples qui m'arrangeaient. Je lui disais que, contrairement à elle, ces autres mères s'amusaient bien, que la cinquantaine ne les écrasait pas, qu'elles avaient des vies, elles, et des vies bien chargées, à Deauville, au Maroc, je lui montrais des photos sur Instagram... Et je disais, tu vois, tu vois, toutes les autres n'ont pas raté leur vie ! Y'a que toi, maman, au fond, pose-toi les bonnes questions.

Sa condition domestique me dégoûtait. C'était une ratée. Je lui faisais sentir que, si j'étais partie, si j'avais quitté le Nord et, par-dessus tout, les limites du pavillon, c'était avant tout pour ne pas finir comme elle. Je n'ai jamais manqué une occasion de lui rappeler qu'elle avait une vie de merde. Je me moquais de ses basses ambitions, de son petit esprit, de son humour potache, de sa coupe de cheveux, de ses pantalons trop larges, de son haleine aigre, de ses rougeurs, de son corps maigre, de sa fatigue. Elle aimait lire, je détestais. Elle aimait la chanson française, je n'écoutais que de la pop. Jamais je ne me suis préoccupée des miettes que je laissais sur mon chemin. Jamais je n'ai rangé le moindre verre, nettoyé la moindre assiette.

Comme à l'hôtel. « Tout sera fait pour satisfaire Mademoiselle. »

J'avais besoin de lui demander pardon pour tout cela.

Et elle me caressait la main, sa simple présence remplissait mon être. Sa caresse était tout. Le bout de ses doigts, l'univers entier.

J'étais pourtant bien partie dans la vie.

Vous le savez, il existe un groupe, une sorte de club. On se reconnaît entre nous. On se jalouse. On est beaux et belles. Et puis, on fait de bonnes études pour bien réussir sa vie. Par exemple, une école de commerce pour bien gagner de l'argent. On trouve un métier dans la communication, facilement, parce qu'on présente bien. On a quand même du succès, parce qu'on séduit, parce que notre gueule est un bon argument. Notre gueule suffit, parfois notre cul, nos seins ou autre chose. Sans les offrir, on sait en jouer. J'aurais dû être, pour ma vie future, un argument suffisant. J'avais le bon ticket.

C'est terminé, j'ai aussi – surtout – été exclue de ce club-là.

Tabula rasa de ma belle gueule, de mon beau début de vie parisienne, sans doute un peu chiant, mais quand même assez agréable. Assez joyeux, au fond. Terminé les margaritas au Wanderlust, les soirées au Silencio, les verres aux Deux-Magots, mon devenir bourgeois, mes restaurants entre copains, en couple, les plans drague en bord de Seine, les pipes dans les toilettes du MK2, les baises dans la bagnole, terminé les caresses du matin, les séjours à Biarritz, les baignades sur la plage Chambre d'Amour où l'eau froide, le sel et le sable vous piquent la chair, vous donnent soif. Fini les promenades au musée, où l'on critique ouvertement les œuvres pour se faire remarquer, les journées shopping où l'on ne trouve rien à se mettre, où l'on s'observe pendant des heures devant la glace en demandant conseil aux vendeurs. Plus de Gay Pride, ni de techno-parade, fini les paillettes. Plus de manifestations contre les guerres, contre l'homophobie, contre les violences sexistes (ça, peut-être encore, pour devenir une mascotte, la fameuse femme, la *Femme* du haut du cortège que les journalistes encadrent et bombardent de photos, la femme qui tient le micro, *show must go on !*, le porte-voix, pour hurler ses « rages et ses peines », pour gueuler l'ignominie, ou l'ign-homminie, porte-parole, pute-de-voix, toujours offerte à la foule – NON MERCI). Je regardais mon agenda depuis le lit d'hôpital. Plus de concert le 24, plus de mariage d'Amélie, plus de vacances à Barcelone... La liste se déroulait à l'infini.

J'étais pourtant si bien partie... J'avais réussi à m'extraire, à m'enfuir des grisailles du Nord. De son inertie. Des familles concentriques, aussi unies que les briques rouges des maisons, où l'on étouffe en silence les rancunes. Dans un gros bouillon. Toutes ces familles à doudounes moches, qui se promènent dans des rues désertes, non loin de la grand-place, et qui traînent leur poussette comme un caddie. Toutes ces familles, tous ces êtres tordus, avec leur mortel accent, leurs traditions débiles, leurs expressions de déclassés me donnaient envie de vomir. J'avais peur, surtout, de finir comme eux, comme ma tante. Pour moi, c'étaient des gens qui mourraient au milieu des terrils, qui n'avaient pour seul horizon que l'étroite mer du Nord. J'étais parvenue à leur dire merde, malgré leurs mises en garde, malgré leurs réticences, surtout financières. Quitter le quartier, le Cora et la ducasse d'août. Fièrement, je disais « monter à la capitale », même s'il fallait descendre. J'apprenais, préparant mon exil, à parler différemment, à marquer ma différence. Je ne serais pas une Ch'ti ! J'en avais marre des ploucs. « Faudra faire attention ma t'chote, c'est des zinzins là-bas. » C'est ça, oui !

J'avais été égoïste toute ma vie. Ma petite personne, ma toute petite personne, mon beau nombril, ô mon beau nombril… Et mon beau visage, et mes beaux ongles, et ma belle beauté. J'avais cru qu'ils me protégeraient. Que ma vie serait facile. Qu'elle serait rapide. Efficace. J'avais cru que je pourrais me reposer sur eux. Je n'avais pensé qu'à eux, constatant leur pouvoir, vérifiant le mien, avec les mecs, avec les nanas. Partout. J'avais pensé à moi, rien qu'à moi seule.

Je regardais le respirateur artificiel.

Toute cette énergie nécessaire pour me maintenir en vie. J'essayais de trouver un sens. De m'accrocher à quelque chose. Mon dernier dieu, c'était un *bip*. La voix de l'au-dedans.

Les soins ne s'arrêtaient jamais.

Je passais de ma chambre au bloc opératoire, du bloc opératoire à ma chambre. J'avais l'impression qu'ils se foutaient de moi, qu'ils me traitaient carrément comme une indésirable, que j'étais ce truc, ce truc moche dont on ne sait plus quoi faire, qu'on trimbale au hasard, sur lequel on expérimente tout. Une peinture qu'on rénove, dont il ne reste, hélas, plus qu'une copie, de mauvaise qualité, que l'on tourne dans tous les sens, sur laquelle on tente des choses. Prélever de la peau sur la cuisse pour la mettre sur la joue, fesse sur front, épaule sur nez, etc. Des greffes, des greffes, encore des greffes. Je disais stop, mais personne ne répondait. Peut-être que mes lèvres ne s'ouvraient pas assez. Allô, allô ? J'étais seule au milieu d'un bruissement continuel de roulettes, d'aspirateurs et de machines. J'avais l'impression d'être un poulet de batterie. Captive.

Les infirmiers étaient avares de bonnes nouvelles. Quand j'espérais que mon calvaire, enfin, s'achève, ils soulevaient les draps, regardaient par-dessous les pansements. Prenaient des notes, échangeaient entre eux dans une langue que je ne comprenais pas. J'entendais juste des « Humm... Humm... ». Un médecin arrivait, il regardait lui aussi, l'air inquiet, donnait des ordres avant de disparaître. C'était tout pour la journée.

« Vous avez des bourgeonnements, mademoiselle.

— Des bourgeonnements ? C'est bien, ça, les bourgeonnements ?

— Alors, oui, ça peut l'être. Mais, dans votre cas, non. Cela veut dire que votre peau cicatrise mal. Il va falloir refaire une greffe. »

Mon cœur se déchirait.

On m'opéra cinquante, cent fois, je ne pouvais plus les compter. Je laissais faire, tout en réclamant que l'on m'expliquât ce qui arrivait, ce qui se passerait, ce qu'on allait faire de moi. Je découvrais ce corps en même temps qu'on cherchait à le reconstruire. Avec sa voix très douce aussi, presque chaleureuse, le médecin, professeur Mahnes, « Juste Éric », que j'apprenais à connaître, m'expliquait qu'on avait pris ma peau ailleurs, là où tout allait bien, pour reconstruire ici. Que ces interventions favorisaient la reconstruction de mon corps et des couches sous-jacentes. Que des millions de cellules s'activaient actuellement, grâce à des processus compliqués, pour reconstruire sous la peau, par-dessus les muscles et les couches graisseuses, dans les régions frontale, temporale, périorbitaire, malaire, nasale, sous-orbitaire, labiale, mentonnière et jugale, partout où l'acide m'avait ravagée. Les pansements, les tulles, les bandages compressifs allaient m'aider à retrouver les fonctions primordiales du visage, la mimique par exemple. Il fit une petite grimace pour me faire rire. Moi, je n'avais pas envie de rire. Je me sentais comme un temple profané, pleine de pudeurs, j'exigeais la reconstruction la plus rapide, la plus efficace, la plus sérieuse. J'avais envie de lui dire : « Plus vite, plus vite, plus vite ! », comme aux flics. Que l'on mobilise toutes les troupes, que le moindre médecin, que le moindre infirmier, que la moindre personne vivante, bien vivante, agisse pour moi. Je voulais une union sacrée, un effort de guerre. Le médecin avait l'air confiant. Mais il précisait qu'il faudrait du temps. Ne pouvant lui tourner le dos, je tournais le visage.

Grâce aux mots, dans ma tête, je visualisais mon épiderme, ses trois couches, claire, épineuse, basale, détruit. Le derme, sa vascularisation souterraine, ses tissus conjonctifs, ses fibroblastes, détruit. L'hypoderme, enfin, ses nerfs, ses vaisseaux, détruit. Le langage médical m'occupait entièrement l'esprit, me permettait de mettre des mots sur ce que subissait ma peau. Des mots qui ne disaient pas la douleur. J'arrachais à la volée toutes les phrases, toutes les expressions, toutes les consignes prononcées dans le couloir devant ma chambre, ou celle d'un autre.

Un soir, un infirmier, Romain, je crois, passa dans ma chambre pour vérifier que tout allait bien. D'un œil, je l'observais se déplacer, tourner sur lui-même, inspecter les machines en sifflotant, se rapprocher pour observer ma peau. Il n'était pas très beau. Je sentis son souffle, un frisson remonta le long de ma cuisse. Il avait envie de se confier. Ça se sentait dans sa respiration. Dans les bruits que sa bouche faisait, le claquement de sa langue, l'hésitation d'une parole prête à sortir.

Il commença, puis s'arrêta net.

« Enfin, je ne vais pas vous embêter avec ça ! Allez ! »

L'homme s'apprêtait à partir quand je le retins d'un signe de main.

« Vous voulez que je reste un peu ? »

Sans vraiment attendre ma réponse, il s'assit et souffla lourdement. Nouveau frisson.

« C'est dur en ce moment, ça a toujours été dur, mais là je suis super fatigué. J'ai toujours pensé que je tiendrais le coup, mais c'est vraiment dur. »

Un étrange silence s'étala dans le temps.

Quelques secondes.

« J'aime ce que je fais, hein, quand je suis là avec vous, avec les autres. J'ai toujours aimé ça, moi, aider les gens, prendre soin d'eux. Croyez-moi ou non, mais rien que l'idée de vous imaginer sortir d'ici, un peu mieux qu'avant, ça me motive ! En tout cas, ça me donne une raison de me lever… En commençant ce métier je trouvais que c'était un beau métier. En réalité, il vous pourrit de l'intérieur. Il faudrait qu'on soit juste un corps. Des muscles qui ne pensent pas, qui ne ressentent rien. C'est de plus en plus dur ici. Avec mon mec ça passe plus du tout. J'arrive plus à sourire comme avant, à faire semblant de sourire, à ne pas penser à l'hôpital, à vous qui m'attendez, aux autres. Et puis la pression est dingue. Les cadences, quoi… C'est l'enfer ! Franchement, faut tenir… On fait tous ça avec cœur, hein, mais y'a de quoi vous dégoûter ! Faut les voir les collègues, les douleurs au dos, les insomnies, l'envie de se barrer… Pour faire quoi d'ailleurs ? J'ai *vraiment* l'impression – il insista sur “vraiment” – de passer à côté de la vie. » Il n'avait pas osé dire « ma » vie, il avait dit « la » vie… Comme s'il n'osait pas même en revendiquer la propriété.

Pour la première fois depuis longtemps, les rôles s'inversaient. Je ne voulais surtout pas qu'il s'arrête. Être une oreille, c'était déjà être quelque chose, autre chose qu'une victime. Je savourais ses confidences en réfléchissant à ce que je ferais à sa place, comme une bonne amie. Mon esprit se téléportait à la terrasse d'un café bondé, une après-midi au soleil doux. Une bière pour accompagner les mots. J'avais envie de le faire rire, une furieuse envie de lui répondre me crevait la bouche.

Au bout d'un certain temp, j'avais envie qu'il se lève, s'avance vers moi. Qu'on se prenne la main. Qu'on se touche. Je l'écoutais encore, et je laissais mon esprit vagabonder. Il se confiait. J'imaginais : sa main sur mon visage, ses doigts se promenant sur mes joues, sa main passant sur mon front, nos regards qui se croisent, sa main sur mes cheveux, nos têtes qui s'inclinent, ses doigts courant à la surface de mes lèvres, un gémissement, nos bouches qui s'ouvrent, nos lèvres qui se rencontrent, nos baves qui s'échangent, nos langues qui tournent l'une contre l'autre, nos lèvres qui se séparent, ses doigts que je suce, ses doigts qui s'enfoncent, sa main qui caresse mon sein droit, mes seins qui durcissent, son haleine chaude, ses mains qui m'étreignent, ses mains qui me déshabillent, sa bouche qui se referme sur mon téton, ma peau qui frémit, sa bouche qui descend le long de mon corps, sa bouche contre mon pubis, sa langue mouillée sur ma cuisse, sa langue remontant, sa langue jouant, sa langue qui vient en moi, sa langue qui tourne, mon corps qui se renverse, sa langue qui fouille, sa bouche humide, ma bouche qui s'ouvre, ses mains qui massent ma poitrine, mes mains sur sa tête, sa langue au fond, mes mains qui le tiennent, mes fesses qui ondulent et sa langue encore.

J'étais presque vivante.

Il faut éviter de tomber sur soi.

C'est une menace perpétuelle, qui pèse sur la patientèle des estropiés, des acidifiés, des cramés, des dégommés du visage. Des types aux mutilations les plus variées hantent pourtant les couloirs en espérant trouver, quelque part, leur reflet. C'est terrible de ne pas se voir. Ça vous démange… Et plus vous savez que ça va faire mal, plus vous en avez envie. Enfin, bon sang, c'est mon visage ! Faut les voir, tous ces spectres… Tête fendue en deux, rabibochée à l'aide d'agrafes, après un suicide raté. Ce n'est pas qu'une expression : *la vie ne tient qu'à un fil.* Cela ne veut pas seulement dire qu'on peut la perdre d'un coup, mais aussi qu'elle peut persévérer, la vie. Qu'elle veut vivre, se maintenir dans son état de vie, qu'importe l'état global, si elle trouve encore des cellules, si elle trouve encore des organes, si elle trouve encore un cœur pour battre. Suspendue, elle se tient au fil. Elle ne pense pas à vous, elle ne peut pas penser. Ce que l'on ressent ? Ce que l'on est ? Ce dont on souffre ? Elle s'en fiche.

Bien sûr qu'on va la détester, cette vie.

Il faut éviter de tomber sur soi pour préserver un désespoir d'ordre théorique.

Et, en un autre sens, pour que les médecins puissent affirmer sans mauvaise foi aux mutilés : « Ça va aller. » Et que l'on puisse y croire.

Comme s'il fallait nous enfoncer dans la vie, que l'on reprenne goût aux respirations, pour ne plus être capable de faire marche arrière. Je savais que je n'avais pas le droit de me voir parce que le fil de la vie pourrait ne pas résister à mon image, à l'image de ce que j'étais devenue. Il se pouvait qu'il casse, ce fil, ou que je décide de le casser à deux doigts, à deux mains, de toutes les façons possibles. On devait bien trouver ici des fenêtres pour se jeter !

Vivre comme cela, c'est un peu vivre dans un corps fantôme. La déconnexion est totale. On vit à deux, en attendant de se réconcilier un jour. Parfois, allongée, mon œil gauche reprenant des forces, j'observais assez péniblement la peau blanche de mon corps, non sans crainte qu'une vision brutale vienne me percer la rétine. Et je remontais depuis les orteils, le long des pieds, où la peau se surélève peu à peu jusqu'à la cheville. J'observais les formes, la ligne droite, directe, du tibia au genou. Jusqu'ici tout va bien. Mes cuisses n'avaient pas tant changé, mis à part aux endroits où l'on avait choisi d'extraire des couches de peau. Là, elle était rouge et brillante. Je remontais, observais la pilosité entre mes cuisses, et puis mon ventre. Je me disais, jusqu'ici tout va bien. Apparaissaient un peu plus haut les premiers pansements, quelques plaques rouges et, sous mon aisselle, de longues bandes de peau qui avaient été prélevées. Je ne pouvais pas aller plus loin. L'essentiel demeurait caché.

J'appris à me servir de mes doigts comme d'un nouvel œil. Toucher pour reprendre contact. À cause de la mauvaise circulation du sang et de l'ankylosement de mes membres, leurs extrémités étaient pleines de fourmillements. Au moindre mouvement, j'avais mal. J'insistais. Je les promenais de force sur mes cuisses, en faisant des mouvements circulaires, en insistant juste là où la peau, vierge, est douce comme de la soie. Puis, je m'éloignais de ce corps un instant, afin d'inspecter son voisinage. Mes doigts fourchus, ma main imitant l'araignée, retombaient sur le matelas lourdement avant de caresser le drap, et, plus loin, sur le côté, la galerie pliante du lit médicalisé. J'avais l'impression d'être en cage, entourée d'objets métalliques et glacés. Je revenais sur mon corps, remontais doucement jusqu'à mon menton, puis mes joues. J'aurais aimé deviner ce qui se passait ici. Que tous les capteurs présents à l'extrémité de mes doigts puissent retranscrire dans mon esprit ce qu'ils percevaient. Il m'aurait fallu un sismographe pour mesurer les mouvements de peau. Trouver le moyen d'en capturer l'épure. Mais je ne sentais rien d'autre que la surface plastifiée du masque compressif. L'essentiel m'était caché. Mes doigts remontaient jusqu'à la pointe de mon crâne pour tâter la protubérance qui y trônait. Une grosse boule molle. Ma tête avait doublé de volume. Je sentais la peau se tendre. Le sang battre, par coups successifs. Ils appelaient ça un *ballonnet d'expansion.* Encore du vocabulaire technique, qui me faisait penser à celui de la plomberie. Le ballonnet, gonflé au sérum physiologique afin de détendre la chair, devait permettre de récupérer un maximum de peau saine. Je trouvais cela ridicule. J'avais peur que cette boule ne parte jamais, qu'elle ajoute du grotesque au difforme.

Il fallait me rendre à l'évidence : ce visage que je touchais n'était plus mon visage.

En tout cas, ce n'était plus ce visage doux, onctueux, qu'une vendeuse de chez Sephora avait comparé à du lait. Du lait ! J'avais trouvé ça bête sur le moment, même un peu raciste. Raciste inversé. En y repensant, je pleurais. Le maquillage, qui avait occupé une si grande place dans ma vie, allait changer de fonction. Il n'aurait plus la gratuité du geste cosmétique. Je me maquillerais pour masquer. Masquer uniquement. Je me maquillerais pour étouffer ce qui visuellement était trop insupportable. Aplatir telle cicatrice saillante, tel pli, telle strie. On me donnerait même des cours au centre des grands brûlés. Au fond, cela ne changeait pas tant. Tout est une question de gradient. Avant aussi, il fallait cacher ce qui nuisait à ma beauté. Tel bouton, telle rougeur. Faire diversion, souligner le regard pour cacher mon gros nez.

Il faut éviter de tomber sur soi.

Ma peau était si sèche… Désert de Gobi, d'Atacama, du Sahara. Un soleil qui surplombe, un soleil tragique qui limite la vie, détruit les cultures et donne chaud à en crever.

Passer des heures devant la télévision pour ne plus y penser.

Je zappais d'une chaîne à une autre, sans grand intérêt, l'œil vide, complètement lasse, ennuyée. Pour moi, le monde avait cessé de tourner. Tout se jouait à l'hôpital, tout l'univers se concentrait dans mon corps et sur mon visage. Les crises diplomatiques, les crises sociales, les grèves, les faits divers ne me concernaient plus. On parlait beaucoup du changement climatique. Avant, j'en avais eu peur, comme les autres. J'avais même défilé dans la rue.

« On est plus chauds, plus chauds, plus chauds que le climat ! » Les cris de la foule me revenaient dans l'oreille. L'excitation, aussi. Et dire que j'avais craint, un jour, le réchauffement climatique. C'était pour moi le danger numéro un. *L'extinction de l'espèce humaine.* Une menace si abstraite, si grossière. Tous ces éco-prophètes me paraissaient maintenant lâches et ridicules. Ils n'avaient pas de problèmes, seulement des problématiques. Il leur fallait trouver un sens à cette existence appauvrie, comme d'autres avant eux, comme bien d'autres avant eux. Et la bonne conscience écolo. La vertu dépolluante. La morale climato-protectrice. Tous ces climatos-bon-à-rien. S'ils avaient vraiment des couilles, ces idiots angoissés, avec leurs habits de clochards, s'ils avaient eu vraiment des couilles et l'ambition de leurs discours, ils auraient tué des patrons à la chaîne. Ils en auraient détruit des centrales, des stations essence, des palais présidentiels. Des brigades vertes ! De l'action violente. Prendre le risque de ses engagements, c'est tout de suite plus compliqué. C'est plus compliqué, en tout cas, que de ranger le carton dans la poubelle jaune, que de faire du compost. Je les couperais bien, moi, leurs mains levées, leur acrimonie de théâtre. Repeindre un avion, organiser une occupation pirate… Faire baisser d'un point le cours de la bourse. Que des lâches. Que du vent ! Pauvres révolutionnaires de jardin. Bouffeurs de fleurs. Ils finiront tous compostés. Sauveurs du néant.

J'avais la haine de les entendre.

« C'est moi la planète Terre maintenant. Mon visage, c'est la même chose. »

Une sombre colère m'envahissait.

« C'est moi la planète Terre. »

La phrase tournait en boucle dans mon esprit. C'est moi, rien que moi, tout moi, la planète Terre. Et des voix s'échappaient de la télévision comme une armée de nains hurleurs qui annonçait la nuit éternelle. Cela commence. Cela vient. « Que va-t-il arriver quand les hommes s'apercevront qu'il n'y a plus de soleil ? » Shootée, je me voyais comme le symbole de ce drame. Ne rien pouvoir faire. L'impuissance totale. Le symbole et le symptôme. De l'activité humaine, de l'homme du projet, des projections, de l'homme des tableurs, des calculs et des hypothèses, de l'homme scientifique, de l'homme du progrès, de l'homme des technologies, de l'homme de la destruction-construction, de l'homme des buildings, des places boursières, des ghettos, de l'homme des aéroports internationaux, de l'homme du nazisme, des fascismes, de l'homme des rasoirs jetables, des tee-shirts à un euro, des mines de charbon, de l'extraction du pétrole, de l'homme Coca-Cola, de l'homme du coaching bien-être, de la rénovation intérieure, des thérapies du bonheur, du charlatanisme, de l'homme des églises, de la trouille, des égoïsmes vertueux, de l'homme d'État, des hommes à demi, de toutes les vies à moitié. Ma colère s'apaisa.

Pourquoi pensais-je à ça, au juste ?

Parce qu'en me tournant, en me retournant dans mon lit, parce qu'à force d'écouter le silence asphyxiant de l'hôpital, uniquement troublé par des cris, et parfois le passage du personnel médical ou des agents d'entretien, à force de me tourner dans ce lit peu confortable, avec la même lourdeur des membres, des crampes, et le picotement de la chair, à force de remuer dans tous les sens, n'en pouvant plus d'être allongée comme une morte, je me disais qu'il devait y avoir un sens à tout cela. Un sens plus profond.

Je m'accrochais à cette idée furieusement, en serrant les poings.

Je déclarai : je suis une partie de l'Histoire. Pas une actualité, pas un monceau d'événement. Non, une partie de l'Histoire. Je suis *l'Histoire.* J'avais envie de crier pour déchirer ma peau dégoûtante. La tendre, la tendre encore, en ouvrant la bouche de toutes mes forces.

Faire pression sur cette peau dans un cri silencieux.

Tout arracher.

Je suis l'Histoire, me répétais-je.

Je suis l'Histoire de la violence et du sexe faible. Je suis la répétition de la même Histoire, la répétition historique de la même violence historiquement contenue.

Toute l'Histoire humaine, avec une aveuglante fatalité, n'a tendu que vers une seule chose : ce jeudi soir. Ma mort.

Je délirais encore.

Je ne pensais qu'à mon corps.

Comptant, recomptant, parcourant, reparcourant, vérifiant tous les jours, plusieurs fois par jour, l'état de mes cellules, l'état de ma peau saine, l'état de ma petite vie, de la vie qui viendrait. Combien de peau me reste-t-il ? Quelle surface ? Peut-on la mesurer ? Un mètre, un mètre et demi ? Moins ?

C'était quand même vraiment pas de chance.

Mes humeurs formaient d'imprévisibles saisons. Et le dosage médicamenteux n'y était pas pour rien. Je n'en finissais pas de souffrir. Je souffrais chaque jour, le matin, le midi et le soir, à chaque heure, à chaque minute qui s'écoulait, je souffrais à chaque seconde, à chaque milliseconde, je souffrais sans arrêt en me tordant. La souffrance est comme une sorte de drap qui vous enveloppe, se serre et se resserre encore, ne vous laisse aucun répit. Un drap sec, rugueux, rigide, qui s'entortille autour de votre tronc, qui plante ses piques dans votre chair et qui tourne, et tourne et tourne encore.

Mon visage allait d'acceptation en rejet.

On le forçait à opérer une mue incertaine. L'infection était redoutée, le moindre bout de peau réticent, mal collé, pouvait me coûter la vie. Sous les pansements, je sentais une sorte de peau nue, moite ou liquide, des plaies douloureuses au niveau des jonctions d'épiderme. L'impression que ma face était recouverte d'une confiture aigre. Complètement barbouillée. Le suicide était une préoccupation constante. Je réfléchissais à tous les moyens de me débarrasser de ce corps et d'offrir à mon esprit le repos qu'il méritait. J'imaginais toujours ce sol dur, qui m'attendait tranquillement, contre lequel ma tête, en chute libre, pourrait éclater. Se liquider.

Pire que la douleur, la souffrance.

Non pas avoir mal, mais perdre l'espoir d'aller mieux. Aucun contrôle. Aucune prise. À peine m'éloignais-je des blessures que la souffrance entrait par effraction, me ramenait à mon lit, à l'absence d'horizon, m'humiliait. C'est tellement injuste, tellement, tellement injuste. Toujours la même litanie dans le crâne. Jusqu'à suffoquer. Brisée par les larmes.

La douleur m'aidait à supporter le désespoir. Elle me ramenait à moi lorsque l'angoisse me prenait. J'avais mal, donc j'étais un corps. J'étais un esprit. J'étais en vie. Je respirais. Jusqu'à ce qu'un infirmier me remarque, m'injecte de nouvelles drogues qui m'emportent.

Soudain, le silence, le relâchement.

Je rejoignais le ciel.

Que se passait-il dans ces moments d'absence ?

Je repensais à Étienne, ce fils de bonne famille, camarade de promotion, avec lequel j'entretenais des rapports cordiaux. Je ne le désirais pas, beaucoup trop sage, beaucoup trop propre, beaucoup trop lisse. Un œuf. On ne s'était pas rapprochés plus que cela. Mais une soirée étudiante avait eu lieu rue Mouffetard, dans un grand appartement de type ancien, auquel les lourdes poutres traversières donnaient une allure d'étable. J'ai souri à Étienne ce soir-là, plusieurs fois sans doute. Il me faisait un peu de peine avec son grand gobelet rouge et ses lunettes bleues. Je sais que pour la plupart des hommes, un sourire engendre mille interprétations.

Pourtant un sourire, c'est d'abord de la politesse, pour éviter de blesser, pour limiter la violence du rejet, flatter l'ego, être courtois. En aucun cas, ou si rarement, ou si peu souvent, l'alignement de mes dents, l'apparition de mes gencives rougeâtres ne signifient : « Moi aussi, j'ai envie de toi. J'ai envie que tu me baises, baise-moi, tout de suite, baise-moi vite, bien fort ! »

Plus tard dans la soirée, quand l'ivresse avait fait son chemin et provoqué le départ de certains, le sommeil d'autres, Étienne s'est assis à mes côtés dans un grand canapé, au bout du salon. La musique était basse, ma vue, trouble, je bâillais comme une baleine. J'avais soif, faim, mal au ventre, la soirée bien entamée me pesait. J'étais ivre morte.

« Ça te dérange si je m'assois ici ? »

Nous avons discuté un peu et puis je me suis allongée complètement.

Étienne était contre moi, étendu le long de mon dos. Sa respiration pleine d'alcool accompagnait mon tournis. J'ai trouvé ça étrange qu'il reste là, mais pas si dérangeant. À regretter d'avoir bu autant, je me sentais de plus en plus mal. J'avais envie qu'on me prenne dans les bras. Après avoir joué les femmes, j'ai toujours envie qu'on me prenne dans les bras, qu'on me rassure. Ses doigts glissaient le long de mon épaule, couraient dessus délicatement, et je décidai de lui faire confiance. De ne pas protester.

Je me suis endormie.

Mes yeux se sont ouverts. Une heure, deux peut-être, avaient passé. Cette fois, c'était différent. Il y avait quelque chose entre mes cuisses. Une main. Elle s'activait. C'était du sale boulot. Cette main me baisait à distance, alors que nous étions si proches. Je me rappelle le gonflement de sa cage thoracique contre mon dos. Une colline de peau. Et les battements affolés dans sa poitrine, qui me percutaient comme des milliers de coups de poing. Nous étions dans un angle du salon. Invisibles. Étienne ne prononçait pas un mot. Seul son souffle, son souffle lourd, gras, alcoolisé, nauséeux, appuyait les mouvements. Le jeune homme se branlait contre ma peau et, sans rien voir, je sentais tout. Sa bite chaude, gonflée, que j'imaginais bien rouge, et sa main l'enserrant comme une arme. Ses yeux à demi révulsés. C'était une exécution. Étienne a joui, puis il s'est couché, ailleurs, sans même nettoyer. J'observais son sperme glisser en perles le long de ma cuisse. Ma jupe retroussée. Le silence. Je me suis rendormi lentement.

En me réveillant, piteuse, courbaturée, grippée, malade, j'avais honte.

On ne s'inquiéta pas vraiment de mon état. Au milieu des cadavres de bouteilles, des paquets de chips éventrés, du sol collant et poisseux, je ne détonnais pas vraiment. Aussi déglinguée que le reste. Mes amis passaient, repassaient, riaient avec force, un ballet entre les mains, une éponge ou un sac-poubelle. *Trois nuits par semaine* dans les haut-parleurs. On m'envoya quelques sourires, je restai penaude. « Alors, avec Étienne ? » *Pas mal*, ai-je dû répondre.

J'avais envie de me jeter dans une benne à ordures.

De disparaître, ensevelie sous les mégots refroidis, les canettes pliées et les croûtes de pain.

J'avais mis cette nuit de côté, je l'avais comprimée dans une partie parallèle de mon être. On pense parfois pouvoir faire bande à part, se séparer des versions de nous-mêmes qui ont été démolies, qui, trop usées, trop vieillies, trop salies, nous font beuguer l'esprit.

Pourquoi Étienne n'avait-il pas même essuyé sa jouissance ?

Peut-être qu'il avait trouvé cela joli... C'est quelque chose que les garçons font, admirer la forme, la consistance, l'épaisseur, la texture, sentir, goûter... Tous vous diront : « Jamais ! »

Mais si... Ils regardent, ils sont curieux... Comme si c'était un insecte, une chose bien vivante.

Un simple coup de tissu aurait suffi.

Il m'avait traitée comme une morte.

Et je n'avais rien dit et je n'avais rien fait.

On m'avait installée dans une nouvelle chambre afin de poursuivre mon parcours de soins chez les grands brûlés. J'avais de la chance, disait-on, car la femme qui allait s'occuper de moi était une grande professeure. Une pointure. Une déesse de la chirurgie réparatrice. Une sorte d'artiste. Je n'avais qu'à lui faire confiance, à me reposer entre ses mains.

Professeure Karine Noguez.

Reine des brisés, maîtresse des fondus, roitelette des sans peau, des sans chair, de ce petit peuple invisible dont j'ai le malheur de faire partie. Avec son air de curé de campagne attaché à sa fonction sacerdotale... Je m'interrogeais sur sa vie. En dehors du centre médical, en avait-elle seulement une ? Apparemment, oui.

Noguez était céleste.

Depuis mon unique œil, j'admirais ses entrées dans ma chambre, sa façon de se déplacer, toujours gracieuse, de me parler comme si nous étions proches, comme si nous partagions le sang et la vie, comme si ma peau était la sienne. J'appréciais sa façon d'évoquer mon état de manière détournée. « Alors, voyons voir, qu'est-ce qu'on a là ? Comment elle va, cette peau ? » Il y avait moi, il y avait un corps. Elle m'aidait à préserver la distance. Je l'appelais « mon petit ange », lui parlais comme à une vieille dame, même si elle avait l'âge de ma mère.

J'aimais son sourire qui s'allongeait sans cesse. Elle n'en finissait pas d'être belle, elle, banquise entre les lèvres, banquise sur laquelle j'avais envie de me jeter afin de me fondre dans sa blancheur, d'en percer la croûte et de retrouver l'eau dormante. Nous étions assez complices. Un jour, tandis que je la sentais plus soucieuse que d'habitude, parce qu'elle devait avoir d'autres choses dans la tête, parce qu'elle devait bien avoir une vie, parce que le monde tournait pour elle, j'écoutais ses soupirs, j'observais silencieusement le pincement de ses lèvres. Et, avant qu'elle ne dise un mot, parce que j'avais compris, parce que je m'en fichais que l'on m'opère à nouveau, je lui dis :

« Quoi ? Je suis toute fripée, c'est ça ? Je n'en peux plus de ces rides, vous savez… »

Mes rides. J'avais trouvé le mot. Le visage de Noguez s'était adouci.

Elle rit.

Vint le jour de la révélation.

Ce fut une expérience de la perte.

D'ordinaire, à la télévision, dans les programmes de relooking type *Belle toute nue*, dans toutes les émissions à la con de relooking express, animées par la non moins conne Cristina Córdula, c'est vers le mieux que l'on tend lorsqu'on se regarde enfin dans le miroir.

Des très moches et des moins moches ont besoin des mains, du regard et des conseils de l'experte de la beauté, de la beauté brésilienne, de la beauté internationale, de la beauté édictée selon les normes et canons de beauté officiels et en vigueur, pour devenir des beaux. Faire partie du club. « C'est une affaire de détails », dit-on. Même les moches, oui, les plus moches, peuvent, jusqu'à un certain point, prétendre à postuler au club des beaux, des BG, des sexy. Même si ça ne dure qu'un instant. À la fin de l'émission, ils sont tous heureux, reconnaissants, « Merci, Cristina ! Merci ! », prêts à lui baiser les pieds pour les avoir délivrés, au moins quelques instants, de leur laideur. La beauté, d'un coup, c'est sûr que ça rend heureux. Se dire qu'on n'est pas foutus, pas complètement foutus, même à 50 ans, même à 120 kg. Ils pensent déjà aux baises à venir.

Dans mon cas, c'était différent. Je n'irais pas vers le mieux, à la rigueur vers le moins pire.

Un moins pire qui demeurait du pire.

Ce n'était plus même une question de beau ou de moche. Car je n'étais pas laide, j'étais difforme. Je le savais… Restait à savoir jusqu'où. Après toutes ces greffes, après toutes ces jointures, ces mixtures de cellules, de lambeaux d'épiderme, jusqu'où m'avait-on promenée dans le monstrueux ?

Sans trop y croire, je me disais, quand même, avec ces opérations, avec ce temps écoulé… Faut bien qu'il y ait quelque chose de nouveau. Pas mon visage d'avant, mais pas non plus de la bouillie. Après tout ce temps ! Quand même ! Et puis, je me disais qu'au pire, une fois ma gueule stabilisée (car elle était toujours en mouvement, suivant les rythmes lents de la cicatrisation), je pourrais toujours faire appel à cette conne de Córdula. « *Bon dia !* Ma grande, je vais pas te mentir, le maquillage et la coupe de cheveux ne vont pas me suffire. Va falloir que tu sois plus ingénieuse. Trouve un truc, une nouvelle mode, des astuces beauté encore inexplorées. Des crèmes issues d'Amazonie. De la racine sur la tronche. »

Depuis que Noguez essayait de m'y préparer, j'angoissais.

Le plus douloureux, c'était de savoir que la vérité serait brutale.

À force de ne plus se voir, on s'y habitue. Je pouvais vivre sans ma gueule, sans ma peau, quand la douleur se taisait. J'aurais préféré vivre sans. Qu'on me place dans un bocal. Dans une lampe magique. J'aurais pu exaucer des vœux, passer ma vie à cela.

« Ça va être dur. »

J'attendais, des aigreurs dans l'estomac, qui alimentaient l'incendie dans le crâne et dans le cœur. Me voir trop défigurée pourrait me tuer.

Un, deux, trois : faites tomber le rideau !

Mon œil avait d'abord fui, avant de se raviser. Il remonta progressivement le long de la surface réfléchissante, puis m'aperçut. Tout mon corps se contracta. Mes os, mes organes, mes muscles, le peu de ma peau, tout se tendit. Je m'effondrai, l'œil en avait déjà trop vu. Mon visage était un masque d'horreur. C'était pire même qu'un masque, un amalgame de peaux, un mauvais collage. Ma cage thoracique se comprima et je me mis à vomir.

Je fis un rejet total. Non, ce n'est pas moi ! Pas possible ! Ce n'est même plus un moi. Ce n'est rien ! L'équipe médicale et Noguez essayaient de me contenir, de m'aider à supporter, à dépasser cet instant. Mais la barre était trop haute.

La rage. Et dire que je vous ai crus ! Toutes ces douleurs pour rien, que dalle ! Des incapables !

Je hurlais.

La brutalité du choc me déchirait le corps.

Je n'étais pas rien, j'étais pire, mille fois pire que tout ce que j'avais pu imaginer. Pire que tous les cauchemars rassemblés, pire qu'une architecture défaite, renversée. Pire qu'une abstraction ou qu'un tableau de Francis Bacon. Des ruines de chairs molles, du rouge cartonné, des bouts de peau mal colorisés, des cicatrices saillantes, un îlot de cheveux, une peau craquelée.

Noguez prit la parole pour préciser que nous n'étions qu'au début du processus. Qu'en somme, ce rien-là n'était pas définitif. Que la peau avait besoin de temps, des années, pour guérir. Que toutes ces cicatrices étaient impressionnantes, que des moyens existaient pour en réduire la taille, pour lisser la peau. « Des massages, des cures thermales, d'autres opérations… » Je ne l'écoutais plus. Je n'entendais que moi-même.

Ce que je voyais, là, dans le miroir, n'était donc pas ma face définitive, ma figure finale, ce n'était qu'un moi en chantier, un moi provisoire, un moi de remplacement, en attendant le prochain, rien qu'une version transitoire.

J'étais en friche.

J'étais une autre – et je devais me faire à cette idée. J'étais bel et bien devenue une autre personne.

Je refusai.

Désormais, je traiterais mon corps comme un inconnu. Notre séparation était définitive. Tranchée. Finale. Le divorce, complet. J'allais être moi, habitant un corps indésiré.

Au bout d'un certain temps, Noguez commença à m'insupporter.

C'était indécent d'avoir foutu une femme aussi belle dans un endroit aussi désespérément laid, rempli des plus grands laids que la terre ait jamais connus, des laids de chez laids – car il existe des degrés de laideur. Nous étions des enlaidis de la laideur. Elle aurait pu mettre un masque. Faire semblant. Faire comme nous. J'en parlais aux autres dans le centre. À Jean (10 %), à Bernadette (13 %), à François (24 %), à Frédérique (47 %), à tous les autres, tandis que l'on comparait nos degrés de brûlure.

« 17 %. Toi ?

— 47 %.

— Ah oui ! Ça ne se voit pas tant que ça…

— C'est tout le bas qui a pris, j'ai eu de la chance.

— Et cette Noguez qui se promène, regardez-la…

— Ben quoi ?

— Regardez-la… Je suis sûre qu'elle se moque de nous, au fond. »

Eux n'étaient pas toujours d'accord avec moi. Et moi, je ruminais toute seule.

Elle aurait pu, au moins, cesser de porter son mascara, ces petits traits qui lui poursuivaient les yeux, à l'égyptienne, sur les côtés. C'était une insulte.

Quand elle passait prendre de mes nouvelles, je faisais semblant de dormir pour ne pas ouvrir l'œil, pour ne pas la voir, pour qu'elle ne puisse pas me parler. Je sentais qu'un seul mot me ferait crever, que son visage me tuerait l'âme d'un coup. Ces fois-là, j'avais envie qu'elle meure.

Lorsque cela devenait insupportable, j'ouvrais la paupière, je la fixais alors d'un air sombre, depuis ma petite lucarne d'œil. La dévisageais. « Comment vous sentez-vous aujourd'hui ? » Aucune réponse. Notre amitié était terminée. Enfouie dans mon scaphandre de haine, je la détruisais à l'aide de pouvoirs imaginaires – télépathie, télékinésie, rayons lasers, venin.

Je l'imaginais mourir de mille manières.

Je pensais aux supplices que les hommes, ingénieux inventeurs, avaient conçus. Elle qui était si affable, avec sa petite bouche frivole et inconséquente, je lui aurais bien mis une muselière et des crocs de métal rouillés dans la bouche.

C'est toujours ainsi qu'on a puni les femmes. On s'en prend à leur corps, comme pour l'expurger du mal qu'il contient. Comme pour vider l'abcès.

Moi, je n'avais plus de nez.

Au Moyen Âge, c'était pratique courante de couper le nez des femmes volubiles, des putains, des traînées. Le nez et les oreilles pour en faire des monstres. Détruire leurs instruments de séduction. L'homme, qui est souvent impuissant, prend à la défiguration un certain plaisir. À défaut d'être dieu, il sait engendrer de vilaines créatures.

C'est si facile, l'excision : il suffit d'une bonne lame. Et puis ça ne se voit pas. C'est gagnant-gagnant, n'est-ce pas ? La femme reste préservée dans son apparente féminité, mais on lui retire l'envie, la possibilité de devenir cet animal aux fluides grouillants, ce corps qui désire et qui mouille. Elle saura se tenir ! Regardez, moi, j'avais eu les mœurs légères, j'avais vécu avec un trop-plein d'insouciance, et voilà, plus de nez, ni d'oreilles, ni de visage. J'avais compris la leçon.

Dépossédée de tout, je me sentais capable du pire.

Tiens, dans la famille du professeure Noguez, combien sont-ils ?

Je les imaginais réunis dans leur grande maison bourgeoise, pleine de meubles de designers cotés et de vieilleries chinées chez des antiquaires ou dans des brocantes. Une maison avec du goût, une maison d'intellectuels, avec une grande bibliothèque, avec une grande télévision, avec une grande cuisine, avec suffisamment d'espace pour vivre à cinq comme à dix. Rodant près de la maison, observant d'un œil le spectacle des réjouissances familiales, je répandrais tout autour, et sur le toit, et par la cheminée, de l'essence. J'imbiberais les lieux comme on remplit un vase. Je ferais dégouliner cette saleté de maison avant d'allumer l'incendie. Tout brûler. Et puis, assise sur une petite chaise en métal, dans le jardin, je les regarderais se débattre avec les flammes.

Moi aussi je voulais voir la peau du docteur se décoller, sa langue noircir, pouvoir lui dire : « Ça va aller… »

J'avais bien le droit de la haïr, merde ! Il ne me restait que ça ! Un monde intérieur ! Des galeries et des galeries de mondes en ruines. Que je hantais.

Il y a quelque chose d'insupportable dans toutes ces petites phrases prononcées spontanément : « Comment ça va ? » Jamais plus je ne voulais entendre cela. Essayez ! Juste, essayez ! Et je guettais les lèvres, et je guettais les yeux. Osez ! Mon poing serré, prêt à le foutre dans la gueule de mon interlocuteur. « Comment ça va ? » Pour moi, c'était joué. Parce qu'on s'étonnerait que ça aille ! *Oui, oui, ça va ! Comment ça ? Ça va, je t'assure ! Je ne te crois pas. Mais si, mais si. Ça ne peut pas aller, enfin, regarde-toi.* Dans mon cas, ça veut dire quoi, « ça va » ? Ça veut dire : « J'ai pas envie, pas complètement envie, de me jeter par la fenêtre, ou de m'ouvrir les veines. Rien ne va mieux, mais rien n'est pire. Je suis une stase. Un point d'équilibre trouvé dans ma souffrance. »

Je repensais à Noguez, à sa belle chevelure qui lui tombait jusqu'aux épaules. Une chevelure dense, épaisse comme la mienne avant, qui habillait une tête relativement petite, ronde, légère. J'imaginais un œuf, un œuf bien lisse, suffisamment petit pour que je puisse le tenir entre mes mains. « Alors Noguez ? Comment ça va ? » Et je l'écraserais, comme ça, d'un coup, en serrant les poings, en fendant la coquille, en la sentant se répandre, baver entre mes doigts.

J'aurais fait éclater son corps.

Sans parler de son nez qui me faisait penser aux pyramides, avec son arête bien droite, maîtrisée, qui s'étendait sur la couleur du sable – sa peau.

On doit la désirer.

On doit la regarder dans la rue.

On doit même la draguer.

Elle doit sentir le regard des mecs et elle doit aimer cela, ça se voit ! Petite pute.

Tandis que moi, qui avais été encore plus belle qu'elle ! Plus jeune aussi ! Moi, je passais ma vie à me cacher. À ramper. Elle méritait de crever, rien que pour ça. Rien pour ça, elle devait brûler.

La morale vaut pour les hommes qui y croient encore.

Mais pour moi ? Je peux croire à quoi, moi ? À Dieu, peut-être. Certains semblaient s'y être attachés, ils avaient finalement trouvé une place pour la prière. C'était le cas de Nicolas (72 %). Toute sa peau, tout son visage, tout avait fondu. Il restait toujours vague s'agissant des circonstances du drame. Personne ne lui rendait jamais visite. Nicolas (72 %) parlait beaucoup de Dieu. De son dieu. Il prétendait que rien n'arrivait par hasard, que tout avait un sens caché et mystérieux, mais un sens quand même – le sens du Créateur. Il était si calme. Et même si son visage mutilé rendait ses émotions indéchiffrables, j'étais certaine qu'il souriait au fond de lui. Nicolas (72 %) avait trouvé de quoi survivre dans la foi, et dans l'application scrupuleuse de son stoïcisme.

Lorsqu'on se quittait, il disait toujours : « Je vais prier pour toi, ma sœur. »

Prie, prie donc pour moi, me disais-je. Prie pour que je ne tue pas cette salope.

Je me mis à désirer le visage de Noguez, à le jalouser réellement.

J'y pensais la nuit, j'y pensais le jour en caressant ma peau.

L'adolescente que j'étais n'avait pas tant changé.

Même si je me sentais belle en surface, même si je savais que j'étais la plus belle de l'école, la plus belle du collège, puis du lycée, je me trouvais un peu trop banale.

Oui, j'étais belle pour les pouilleux, dans cette petite ville du Nord, remplie d'analphabètes et de chômeurs, mais la concurrence n'était pas bien grande. Je n'étais pas belle comme dans les magazines, pas comme Jessica Alba ou Lady Gaga. Je ne dégageais rien. J'avais l'impression d'être flasque, trop lisse, trop molle, trop plate. Sans avoir cependant la maigreur suffisante.

Je voulais la figure de Noguez et j'avais du temps pour y penser. Je n'avais même que cela à penser, au milieu des machines, entre les différentes activités thérapeutiques du centre, pendant que je cicatrisais. Je fomentais des plans. Connaissant à peu près son heure d'arrivée dans ma chambre, je pourrais cacher un scalpel, la surprendre tandis qu'elle se penchait sur moi. Me jeter sur elle par surprise et lui découper le visage. Je me disais aussi que, peut-être qu'en négociant, en lui promettant de l'argent, en la suppliant à genoux – elle qui avait l'air si bonne, si compréhensive, si empathique –, elle accepterait de me faire don de son visage. Il suffirait alors de me coller sa face.

J'y croyais.

Une nuit, j'en avais même fait un rêve.

L'espace d'un instant, un trop long instant, j'avais retrouvé un visage. J'avais le joli visage de Noguez. Cela se passait comme dans les films lors de l'heureux dénouement. J'étais chez moi, le soleil s'était levé, je regardais mon visage dans le miroir. Ce beau et nouveau visage. J'avais envie de danser une danse de la joie, en posant mes doigts sur la peau reconstituée, sur les lèvres et le nez. J'étais belle, belle, belle…

Soudain, je me réveillai.

Il me fallut quelques secondes pour comprendre. Comme si l'épanchement du rêve dans le réel ne pouvait cesser. Je touchai nerveusement ma peau. L'horreur. J'étais la même, celle qui gisait sur son lit, j'étais la morte. De rage, je me levai, j'arrachai les différents câbles des machines, j'arrachai tout, y compris le tableau suspendu.

Je voulais qu'une bombe vienne faire sauter l'espace inhospitalier.

Que l'onde de choc balaie les couloirs et les chambres.

Une succession de visages défilait dans mon esprit. Je revoyais les inspecteurs, les infirmiers, les docteurs, les kinés, ma mère, mon oncle, mes quelques amis. Je revoyais tous ces visages, si proches et lointains. Je les imaginais mourir un à un.

J'avais des envies de destruction massive.

Une infirmière, alertée par mes cris, débarqua dans la chambre et essaya de me calmer. Mauvaise idée.

Je la traitai de pute, de petite pute arrogante, je déchirai sa blouse, je voulais la mordre, lui bouffer les lèvres.

Je criai, seule : « Finissez-moi ! Finissez-moi ! »

Je les avais prévenus mille fois que s'ils continuaient, je deviendrais folle. Peut-être l'étais-je déjà.

Les jours qui suivirent, on m'expliqua que cela faisait partie du processus, que c'était *normal*.

Que c'était même *bon signe*.

« Personne ne vous en veut… »

Ma colère, je la voyais comme au fond d'un cratère, d'un cratère très profond, duquel elle jaillissait en torrent, et dévastait tout sur son passage, elle poussait en moi, cassait mes dernières portes, mes dernières retenues, elle noyait ma raison. Je me laissais dissoudre.

Après cette crise, une période de calme étrange débuta. Je me laissais guider à chaque étape du parcours de soins, sans plus poser de question, sans vraiment m'y intéresser. Après avoir pensé qu'elle mettrait fin à ma douleur, je découvrais que la cicatrisation constituait une autre source de souffrance. Ma peau entrait en sédition. Au départ, on se dit naïvement : « Mon corps va mieux, il se reconstruit. » La peau repousse, mais elle n'a rien gardé de cette peau d'avant, au fin duvet, aux grains de beauté, joliment mordorée et sensible. Tous les capteurs sont morts ; elle est gonflée, cartonnée, bosselée. Elle repousse n'importe comment. Occupe désespérément un territoire laissé vide. Les effets de rétractation dessinent des formes, des stries, des dos-d'âne, très douloureux. La peau se tend. Et les cicatrices empêchent les mouvements. Mon cou ressemblait à un élastique tendu.

Tout était mis en œuvre pour m'éviter de trop souffrir. Trois fois par semaine, Joanna, la kinésithérapeute, procédait à des massages, ponçages et pétrissages de ma peau.

« Vous voyez, sous votre menton, ces trucs un peu épais, là, eh bien c'est ce que l'on appelle des cicatrices chéloïdes dans notre jargon. Rien de grave… C'est même bon signe… Mais c'est gênant. Et on va s'en occuper. »

Observant ma mine terrible, elle ajoutait :

« Oh, mais ne vous en faites pas. Ce sont des choses vraiment normales, dans votre cas. Votre peau a été marquée, alors elle se reconstruit comme elle peut. C'est un peu comme si elle n'avait plus de carte, vous voyez ? Plus d'architecte pour la guider. Et depuis que vous êtes ici, nous l'aidons à trouver la bonne direction. »

Pouvoir m'observer m'apaisa.

Je savais à quoi m'en tenir.

Chaque jour, dans ma tête, j'essayais de m'habituer. Je comprenais mieux la souffrance que j'endurais. Le regard de ma mère, aussi. Je pouvais me l'expliquer, à quel point c'était grave, à quel point c'était moi. Qu'il me fallait attendre, faire confiance, guérir ici. Essayer.

Je fis le vœu de rester à l'hôpital pour toujours.

C'était facile.

Je n'avais plus à m'inquiéter de rien, puisque c'était le vivant, et non ma vie, que l'on avait souhaité sauver. Alors j'allais continuer à vivre biologiquement, physiologiquement. Pour le reste, c'était fini. Je ne regardais même plus la télévision. J'avais demandé à ma mère, aux autres, de me laisser tranquille. Je ne voulais plus recourrir au langage humain. De rares fois, je me risquais à me promener sur Internet *via* la tablette numérique que mon oncle m'avait apportée. Je retrouvais les réseaux sociaux, je découvrais les nouvelles tendances, les nouveaux hits. Le monde n'avait pas bien changé. Je parcourais les forums. De nombreux grands brûlés, de la face et d'ailleurs, y racontaient leur vie.

Celle d'après.

J'en apprenais plus sur mes blessures, mes cicatrices, sur le fonctionnement de la peau en général. Certaines pages publicitaires m'amusaient, en particulier celles promouvant des cures thermales « révolutionnaires », aux vertus réparatrices, « 100 % garanties » pour des gens comme moi. Un grand brûlé, Raphaël (31 %), en faisait même la promotion : « Admirez le résultat. » C'est vrai que son avant/après était impressionnant... C'était charlatanesque, à ce point charlatanesque, que j'eus presque envie de m'évader du centre pour aller vérifier. « Alors, ça fonctionne ? » Entrer dans la cour des miracles du soin thermal. J'imaginais les premières soirées, les dîners dans une grande salle de réception. Une communauté était donc possible. Des heures à discuter de notre reconstruction. À se gratter les cicatrices, à s'entre-mesurer, à évoquer des souvenirs de la vie d'avant, à parler de nous comme on parlerait d'un étranger. Avec l'ivresse (champagne pour tous !), on commencerait à se moquer du petit personnel : « Tu l'as vue, cette grosse, avec sa servilité théâtrale ? Regarde-la, même pas je la touche avec des gants ! Qu'est-ce qu'elle a l'air frustrée du cul ! Ouhouhou ! On est là si t'as besoin, ma chérie ! » Le problème avec ceux qui ont de la peau, c'est qu'ils ne peuvent pas cacher leur tristesse. On prendrait plaisir à être aussi bêtes que les normaux. Puis, en armée, on se lèverait brusquement.

« Où allez-vous, messieurs-dames ?

— Qu'est-ce que ça peut te foutre ?

— Mais attendez la fin du repas... Il y a des règles ici !

— NON! »

Poussant tout sur mon chemin, j'avancerais avec les autres en riant, sous le regard scandalisé de ces charlatans, serveurs et maîtres d'hôtel. Nous irions jusqu'aux bains, fermés, en escaladant la barrière, en forçant les verrous. Nous serions une centaine, nus, abîmés, sans pudeur. Que des grossiers sous l'eau, à se frotter les uns contre les autres, à batifoler. Le temps ne compterait plus. La guérison? Qu'importe! Il nous fallait trouver un moyen de goûter à l'instant. Car nous avions perdu, à force de prévisions, de protocoles, l'esprit de discontinuité. La joie du présent. Sous l'eau, les uns sur les autres, prêts à tout casser, à tout retourner dans ce petit établissement de province, nous vivrions. Ce serait ça, la vraie cure, le vrai remède.

Hormis ces quelques recherches, je décidai d'employer mon temps à rien.

J'étais là, j'écoutais un peu le bruit des couloirs, le défilé régulier des agents d'entretien, les pas d'infirmiers pressés, la voix rigolarde de Noguez, quelques pensionnaires, des cris, des cris et des pleurs, ceux d'une famille, puis d'une nouvelle famille, qui, d'une chambre à l'autre, semblaient se répondre. J'entendais le bourdonnement des machines, les bips, les tics, les bims, les rotatives et les succions de l'autolaveuse dans le couloir. Toujours en attente, de rien.

Je trouvais dans cette vie une sorte de paix.

Moins de colère.

Les Grecs de l'Antiquité obligeaient les éléments perturbateurs à quitter la cité, à partir loin, pour se faire oublier. C'est l'ostracisme que nous, êtres évolués, pratiquons plus subtilement grâce aux établissements de santé, aux prisons… Que devenaient les exclus ? Certains revenaient à Athènes, par exemple, ou à Delphes. Mais d'autres avaient simplement disparu, ils étaient morts sur la route, ou s'étaient installés ailleurs, et se cachaient. Moi aussi, je me cachais. Pour la société, c'était mieux. J'allais quand même pas me trimballer dans les rues avec mes allures de morte. Imaginez ! À la terrasse d'un bistrot, tout va bien, vous êtes heureux, vous discutez, la vie est légère, poids de plume, il fait beau, des odeurs de frites et de magrets de canard, et puis je débarque, avec ma gueule, mon histoire, j'interviens dans votre champ de vision, vous croisez par malheur mon œil, c'est la fin. Vous aussi, vous êtes pris au piège.

J'avais passé plus de vingt-sept ans à ignorer la question, à me moquer des obèses, des estropiés, de toute la foule des souffreteux qui vivote en se cachant.

Je suis un *billboard* du malheur.

Non, décidément, j'allais rester à l'hôpital.

Profiter d'une quiétude de minéral, malgré les douleurs.

À l'hôpital, les gens sont habitués. Ils peuvent vous nettoyer le pus sans faire un seul commentaire, pas même un froncement de sourcils. Vos histoires de sang séché, d'escarres et de constipations, deviennent normales. Il fallait me garder à l'intérieur. Me protéger des autres.

Dehors, rien ne m'attendait. Ma vie ne reprendrait pas son cours.

Comment décrire ma nouvelle figure ?

J'avais beau chercher, je n'y voyais rien d'humain. Vraiment rien.

J'avais beau regarder, me dire qu'il devait bien rester quelque chose, là, quelque part sous l'arcade, ou alors dans les plis du cou, en bas du menton… Mais rien. Même pas entre les dents. Et quand je croyais me tenir, quand je croyais percer à jour ce palimpseste de peau, je me trompais. J'étais bête. Tout avait été rasé.

Ce corps était laid, difforme. Avec la tête d'une étoile brisée, voie lactée infernale, faciès d'un astre éclaté. Je regardais ce pauvre corps. La peau toute retournée dès le haut de la poitrine. Et ce visage sans lèvres, rien que des traits, des gencives apparentes, comme des limaces dans la bouche. Et ces dents, cette dentition érodée par l'acide, cassée, noircie, trouée. Et ce nez, cette absence de nez, ce bout de nez, cette pointe mal reconstituée, deux halos sombres en lieu et place des narines. Deux gouffres pour faciliter la circulation de l'air. Je lirais plus tard la nouvelle de Gogol et me reconnaîtrais dans l'effroi qui saisit l'homme au moment même où il comprend que son nez, que son nez précieux, que son indéboulonnable nez, a disparu. Cependant mon nez n'a pas été volé, il n'y a aucun espoir de le récupérer, il n'est pas dans la poche d'un magicien, mais sur le quai du métro, incrusté, fondu dans le sol.

Mon nouveau moi était une bête à domestiquer.

Je devais le faire tenir dans les parois de mon esprit. Me dire que ce corps étranger était finalement le mien. J'essayais de faire correspondre ma figure avec ce qui pouvait s'en rapprocher le plus. Trouver des points de ressemblance avec des objets familiers. Je pensais à une tomate, une tomate toute ravinée, avec la peau gercée et des taches noires, verdâtres. Couleur rouge. J'avais la face rougeoyante et tachetée, mais pas comme par timidité, pas rougeoyante d'émotions comme cela avait pu m'arriver, à l'école, au travail, dans les moments importants où l'on finit par être intimidé.

Pour éviter la pitié, je pris le parti d'être détestable. Sortie du monde humain, habitant ce corps, je pouvais en profiter un peu. J'avais le droit d'être honnête, cassante, colérique. La colère ne s'apaisait pas. Elle faisait partie de ma peau. Elle se fondait dans mon nouveau moi.

Un mardi après-midi, ma mère déboula avec des fleurs et son grand sourire. J'avais oublié de lui dire que je ne souhaitais pas la voir.

« Ma biche, je t'ai apporté plein de petites bonnes choses, c'est de la part de toute la famille. On a très envie que tu rentres, tu sais, j'en ai parlé avec le docteur, et apparemment c'est pour bientôt, on va pouvoir s'occuper de toi, tu vas être bien chez nous, tu vas voir… »

Ma mère était heureuse. Elle allait enfin avoir quelque chose à foutre de ses mains. Elle aussi cherchait des occupations pour tuer le temps. Être une bonniche. J'étais qu'un prétexte pour elle. Je la soulageais. Pour une vie de merde, j'étais presque une bénédiction. Elle avait moi. L'éternel bébé. Celle dont on allait pouvoir s'occuper jusqu'au dernier souffle.

Je tournai ma tête vers elle et lui pris la main :

« Maman, tu passes ta vie à attendre que quelque chose se passe. Mais rien n'arrive, rien n'arrive pour toi. Papa ne t'aime plus, ça crève les yeux. Il reste avec toi parce qu'il aime avoir le cul au chaud, parce qu'il ne sait pas repasser ses chemises. Tu passes ta vie à voir ta vie défiler, comme ces vieux accrochés à leur fenêtre. Tu m'as toujours fait honte, avec tes petites manies, tes habitudes de grand-mère. Je n'ai pas le souvenir d'avoir ri un jour avec toi, j'ai toujours ri contre toi. Pour me moquer. Je te jure, même au lycée je disais que ma mère était morte. Je ne voulais pas qu'on nous voie ensemble. Et tu te souviens, quand on s'est tous disputés pour mon anniversaire, que tu disais que t'allais te pendre si ça continuait, que t'en avais marre, que tu étais à bout ? Eh bien le soir, dans ma chambre, j'ai espéré que tu le fasses. D'une certaine façon, c'est le cas. Tu es en train de mourir. Ton suicide, c'est l'attente. Maman, on ne s'amuse pas avec toi parce que tu es triste. On ne baise pas avec les gens comme toi, maman. S'il y a bien une chose qui me terrifie, s'il y a bien une chose que je redoute, qui serait pire que la mort, pire qu'ici, c'est de revenir vivre avec toi. Pars maman, s'il te plaît, pars… »

J'avais envie de faire mal.

Quand j'étais gamine, mon père me faisait des crêpes, tous les dimanches j'avais droit à mes crêpes. C'était comme ça. Je les attendais de pied ferme. Si elles n'étaient pas sur la table, je les exigeais. Je voulais *mes* crêpes. Il adorait cela, lui, être réclamé par sa fille, il devait lire dans mes yeux le plaisir gourmand que ses crêpes me procuraient. Il comptait pour quelque chose. J'étais si heureuse de les voir encore fumantes, d'y étaler la confiture ou le Nutella. C'était un moment à deux, notre moment.

Et puis, le temps a passé, mon père n'était plus libre pour les crêpes, ou alors c'était moi.

Nous sommes devenus deux étrangers.

Ma mère l'était déjà.

7

Cette vidéo possède l'homme.

C'est un fantôme dans sa nuit.

Elle a totalement pris le contrôle sur sa vie. Plusieurs fois par jour, plusieurs fois de suite, elle réclame d'être visionnée. Il ne peut plus l'éteindre, plus s'éteindre. Il n'est jamais tranquille. Quand il ose appuyer sur pause, quand il ose refermer son ordinateur, tandis qu'il regagne son silence, tandis qu'il attrape une pomme, à peine mûre, dans la cuisine, qu'il croque, l'homme entend la voix, et les images défilent sous ses yeux. C'est un chant malade qui contamine le réel.

Lundi dernier, l'homme a décidé de travailler lui-même le film afin d'isoler certains éléments. Il découpe, agrandit l'image, neutralise le grain, joue sur les effets de contraste, augmente la luminosité. Peu à peu, sur son écran, le visage de la femme apparaît distinctement, ses blessures, son regard s'éclaircissent. Elle est le sujet central, indissociable de la douleur qu'elle ressent et exprime. Le regard de la grande brûlée. Le regard de la grande brûlée qui s'effondre de tout son espoir. Et qui coule sur le sol du métro.

C'est là que tout arrive. Quelque chose se passe dans ses yeux. Juste avant qu'elle ne se répande en larmes de chair sur le sol. Deux minutes trente-trois secondes. C'est l'instant fatidique. Elle ne pense plus, elle ne ment plus, elle est là.

Il est prisonnier de cette vision.

Quand le regard s'élève, semble s'arracher physiquement des orbites et partir en furie pour traverser l'écran. L'homme a l'impression, quand il fige l'image, que la femme le fixe. On dirait qu'elle est là, avec lui. Comme si dans cette opération de douleur elle était devenue surhumaine.

On essaye de l'abattre. On la tue.

Et cependant, elle résiste.

Les actes de torture, les exécutions, ont longtemps constitué un spectacle collectif. La roue, la pendaison, l'écartèlement, la guillotine, pour les voleurs, les sorcières, les criminels, les hérétiques. Avant, on se pressait en place publique pour apercevoir la mort d'un autre, d'un « qu'on ne connaît pas », ou qu'on connaît si peu. On voulait voir son corps, cette surface vulnérable, être détruit. Même chose pour les sacrifices humains. Ce n'est pas tant une affaire de don, ou de dépense. Ce qui entre en jeu, c'est avant tout le pouvoir de révéler les hommes.

De montrer ce qu'ils ont sous leur masque.

L'homme a cessé de compter le temps.

Deux semaines, peut-être un mois, ont passé. Seule l'horloge numérique de l'ordinateur et celle de la télévision lui rappellent que nous ne sommes plus hier. Il fait jour, le soleil épuise ses derniers rayons sur les murs du salon. Une bouteille, deux verres sales, négligemment posés depuis des lustres sur une table, projettent leur ombre contre le mur d'en face. Le reste n'est que du vide. L'homme regarde ces formes abstraites, ces mystères, bouger au rythme de la rotation des planètes. Enfant, il aurait aimé être astrophysicien. Comprendre de quoi est fait notre ciel. Tournant en rond, il y pense. Pourquoi a-t-il abandonné cette idée, déjà ? Il ne s'en souvient même pas. Il ne regarde plus de science-fiction. L'homme passe sa vie à renoncer. Tout s'interrompt sous ses pas. Il ne connaît que de fausses traversées, parce que le découragement, parce que l'amertume, soudain, le prennent à la gorge. À mi-chemin, il se trouve toujours incapable. Fait demi-tour. Il trouvera autre chose, de moins risqué, de plus accessible, de plus réaliste. À sa portée. Avant de tomber sur la vidéo, il pensait avoir épuisé toutes ses possibilités.

La télévision est allumée. Cela doit faire une heure ou deux. Il regarde les programmes défiler, passe d'une chaîne à l'autre. Le soleil tarde à tomber. Toujours le même brouhaha, des heures de débat, des discussions autour de guerres dans des pays qu'il ne connaît pas, qu'il n'a pas envie de connaître. Les hommes politiques ont toujours la même cravate, le nœud bien fait. Des pendus vivants. Tous ont l'air si sérieux, si engagés.

Les émissions de divertissement ne le divertissent plus. L'homme aimerait rire, au moins une fois. Sentir les muscles se tendre, les larmes monter par essoufflement, se tordre un peu, même tout seul, même quelques secondes. Les phrases le traversent. C'est un homme crispé. Il ne parvient pas à se concentrer, à accorder de l'importance à tout cela. Il zappe. Une femme, face caméra, doit raconter ses difficultés. La cinquantaine, blonde, veste en jean, cernes sous les yeux. Elle lui rappelle sa mère. Il regarde : son menton, son front, sa peau luisante, ses joues, ses lèvres qu'il imagine très sèches. Il zappe encore.

Son salon lui semble plus étroit. Il ne voit plus que cela. L'autre jour, il a même entendu un étrange craquement. Un bruit sourd, suivi d'un grincement, comme si l'on traînait contre le sol un corps lourd. Ce sont les murs, est-il convaincu, qui se déplacent. Tout est une question de géométrie, maintenant il regarde avec angoisse ces rectangles, ces carrés, qui l'enserrent. Il ne voit plus que cela. Des monstres de brique, de plâtre, de peinture qui se mettent en mouvement la nuit. Ils grignotent, pense-t-il, quand il se couche, quelques centimètres, avancent à la manière d'un serpent, très lentement, très doucement, pour ne pas se faire voir. Mais l'homme a vu. Parfois il crie, sans obtenir de réponse. Il aimerait leur faire peur. C'est l'angoisse qui monte.

Trouvant refuge dans sa chambre, il rouvre son ordinateur, lance la vidéo, en lance d'autres, des dizaines d'autres, il entend les cris, connaît déjà le visage, regarde d'autres femmes, d'autres corps. Ses nuits se consument en téléchargements illimités.

Hier, la peau gercée sur le bout de son sexe s'est mise à saigner.

Ce n'était pas grand-chose, mais c'était déjà ça.

L'homme aurait aimé être à la place de cette femme.

L'idée lui perce l'esprit une nuit. Son regard accroché au plafond, ses mains posées sur son torse, il imagine sa peau, il imagine son corps, ressent l'impression d'étrangeté. Sa vision se prolonge jusqu'aux aurores.

À qui pourrait-il parler de sa « découverte » ?

L'homme ne fréquente plus personne, il n'a jamais eu beaucoup d'amis.

Il s'est toujours méfié des autres. Des regards. Des sarcasmes. De la méchanceté. Quand il avait neuf ans, à l'école primaire, plutôt solitaire, il n'osait jamais s'aventurer au milieu de la cour. Il y avait des groupes, il y avait des bandes. Ceux qui jouaient aux cartes, ceux qui jouaient au foot, à la corde à sauter, et puis quelques solitaires comme lui, qui traînaient, isolés, sans s'aborder. Un jour, après une grosse pluie, il s'est rendu jusqu'au centre de la cour. Il avait vu un ballon glisser, s'échapper. Il s'est dit que pour une fois, pour une fois seulement, il pourrait essayer. Il a attrapé le ballon à deux mains, comme un objet précieux, le plus précieux qu'il pouvait toucher. C'était une mission, il avait là sa chance. Heureux, il a fait demi-tour pour le rapporter. Soudain, des camarades se sont précipités. Il se rappelle ces doudounes bleue, verte et orange qui fonçaient droit vers lui. Arrivés à son niveau, ils lui ont arraché la balle des mains, puis l'ont poussé une première fois. « Tu fais quoi, fils de pute ? » Le garçon a baissé la tête.

« C'est ma balle, ça, tu le sais, non ? Tu touches pas à ma balle, on n'a pas envie d'être contaminés ! »

Les membres du groupe lançaient furtivement des regards derrière eux pour vérifier que, dans cet angle, à cette distance, en se serrant suffisamment, ils ne seraient pas vus par les surveillants. C'était bon. Personne ne bougeait à l'autre bout. Alors, un camarade envoya au garçon une violente béquille, puis, le tenant encore par les épaules, le propulsa à terre. Le garçon n'a pas osé résister. Il a plié.

« Alors, crevard, t'es une petite tapette, toi ! »

Le groupe s'est mis à tourner autour de lui, chacun échauffant l'autre, chacun mettant l'autre au défi de faire mieux, de faire plus. Tous se sont coordonnés pour lui infliger une série de coups de pied qui, pensaient-ils, lui donnerait une bonne leçon. La pluie de coups a fait pleurer le garçon, l'homme s'en souvient encore. La peau, les muscles, les os. La douleur. La honte. Et la peur. Ce n'est qu'un mauvais moment à passer, s'est-il dit. Une fois la correction terminée, le groupe s'est mis à éructer. Personne ne les a vus. Ils jouent les adultes un moment, fanfaronnent, discutent entre eux de choses et d'autres, prévoient de faire un foot à l'autre bout de la cour. Mais avant de partir, un gros brun se penche sur le garçon et l'attrape fermement par les cheveux. « Ouvre la bouche !

Allez, ouvre la bouche, fils de pute ! » Le garçon obéit, sa tête est immédiatement plongée dans une flaque de boue.

« Allez, avale, sale porc ! Tu vas bien avaler tout ça ! Avale bien ! »

L'homme a toujours le goût de la terre sur les lèvres.

Certes, il lui reste sa famille. Mais il ne la voit plus beaucoup ces derniers temps. Même pour son anniversaire, il a inventé une excuse, s'est fait passer pour malade, ou bien trop occupé. Sa famille lui pose trop de questions. Il ne veut plus subir d'interrogatoire.

Il y a quelques matins, son père l'a appelé. Pour prendre des nouvelles, parce qu'il était inquiet, parce que sa femme lui avait dit : « Appelle-le, bon sang, mais appelle-le ! On est en train de le perdre ! » L'homme a décroché sans faire attention.

Toujours la même voix rugueuse à l'autre bout du fil, faussement enjouée.

« Alors, quoi de neuf, mon bonhomme ? »

Son père a toujours eu cette façon un peu rigolote, un peu légère, de faire passer des messages difficiles. Ce n'est pas un homme de la confrontation. C'est plutôt un mou. Incapable de se défendre contre quoi que ce soit. Un type qui s'est toujours fait marcher dessus. Sa mère l'a souvent dit : « Ton père n'a aucun courage. »

« Pas grand-chose, papa, ça va. »

Un petit silence s'est imposé. Son père déglutit. Installé sur une chaise, dans la cuisine, face à l'horloge, il regarde la mère, hésitant, perplexe. Elle lui fait signe de continuer, avec ses deux mains brassant l'air, elle s'énerve presque dans son peignoir synthétique.

« Écoute... On s'inquiète avec ta mère... Tu n'es pas en train de replonger, dis-moi ? »

Nouveau silence, ni le père, ni le fils ne souhaite poursuivre cette conversation. Elle a quelque chose de rance. D'acide. De répétitif. Chaque mot se compose d'absence, de non-dits. Le père aurait pu ajouter : « Tu ne réponds plus à personne. On a frappé à ta porte, y'a huit jours, et tu n'as pas ouvert. Ta mère croit que tu veux mourir dans ton appartement. Tout seul. Tu as l'impression d'être seul, mais on est là ! On ne va pas te laisser faire, on va venir te chercher. Tu écoutes, mon garçon ? Tu vas nous suivre, tu vas obtempérer. Tu ne peux pas recommencer, pas comme la dernière fois. »

« Tu pourrais passer nous voir, tu sais, tu as toujours ta place ici. On va pas se disputer comme avant, on veut juste discuter avec toi et... Comment ça se passe avec l'autre, le *psy*, ça te fait du bien ? »

Son père a toujours vu d'un mauvais œil les psychologues. C'est avec difficulté qu'il prononce ce mot. Il pense qu'ils font plus de mal, à fouiner, à s'immiscer dans l'esprit, et qu'ils greffent même des idées indésirables. Il dit que ce sont des « inventeurs de blessures ». Son fils n'est pas fou, il le sait. Il a juste besoin de sa famille, parce que la famille guérit tout.

« Bien sûr, papa, je vais venir.

— Bon, bon... Alors tu nous diras ? Tu nous préviendras ? En tout cas, ne t'en fais pas, on t'a envoyé de l'argent, de quoi tenir un peu, mon bonhomme.

— Oui, merci. »

L'homme n'entend plus la voix au bout du fil, sa mère parle, de loin, s'introduit dans la conversation. C'est trop tard. Il leur dit qu'il les aime sans en être certain. Son cœur bat, mais il bat dans le vide. Lui manquent les couleurs et le son, l'émotion. Au fond de lui, l'image est trouble, les souvenirs, désorganisés, souvent douloureux. Il ne ressent que l'absence et le manque. Et l'envie de douleur.

Le visage de l'inconnue flotte dans son esprit.

On dirait qu'elle est là, avec lui. Peut-être même que c'est elle qui pousse les murs. Qui referme l'appartement. Elle est partout. Elle loge entre ses poumons, à la surface de sa langue, au fond de ses intestins.

Elle se promène. Pourra-t-il lui parler ?

Avec l'aide d'Internet, l'homme a trouvé une escort.

Jade-16.

Sur son site, elle se décrit comme une « hétaïre aux courbes vertigineuses, obéissante et sensuelle ». Elle écrit aussi qu'elle aime se « plier aux désirs », qu'elle n'a « peur de rien », qu'elle est « très ouverte ». Elle insiste, « vous tomberez sous mon charme ». Elle promet, elle garantit cela. Voilà tout ce dont l'homme a besoin : sombrer sous d'autres charmes, que d'autres mers l'avalent. Il a besoin de se noyer ailleurs. De trouver une autre île pour y construire sa solitude. Il a besoin de se sentir vivre autrement. Il a besoin de baiser une pute. Malgré quelques réticences, il lui a envoyé un texto : « Intéressé par votre annonce, j'aimerais vous rencontrer pour deux heures. » Il signe : « Guillaume ». Sans savoir pourquoi il a choisi ce prénom.

Jade-16 s'est présentée mercredi soir. C'est une jeune femme au visage plus quelconque que ce qu'elle promettait, mais assez maquillée, chevelure brune jusqu'aux seins. Elle porte une jupe noire, sombre, très courte, et des escarpins de la même couleur. Elle n'est pas très originale dans son uniforme de prostituée. L'homme la laisse entrer. Jade-16 fait quelques pas, depuis le couloir, jusqu'au salon, sans dire un mot de l'odeur de renfermé, de la nudité des murs.

Elle a vu pire.

L'homme regarde ses fesses, étroitement moulées, la naissance de ses bas noirs, ses cuisses musclées, quoique courtes. Cela faisait longtemps, mais le désir d'un corps bien humain lui revient. Il échange avec elle des banalités, ses mains tremblent, sa respiration est compliquée. Il est mal à l'aise, trop timide. Ne sait pas quoi dire, n'a rien à dire...

Jade-16 s'est assise sur le canapé, les cuisses croisées et les mains sur les genoux. Elle se gratte. L'homme observe son vernis rouge, brillant, qui lui fait penser à des ongles retournés. Une bouteille est ouverte, posée sur la table basse. Ils sont l'un à côté de l'autre. Son haleine sent le tabac froid, la fumée, ses lèvres charnues sont une cheminée. Après lui avoir remis, selon ses instructions, une enveloppe contenant la somme exacte – 400 euros, qu'elle ne recompte pas –, ils avalent deux verres de vin blanc, calcaire, sec, qu'il aime parce qu'il laisse dans la bouche cet arrière-goût d'algue morte. Pour accélérer les choses, Jade-16 porte sa main le long de sa cuisse et lui sourit. Elle a l'habitude des clients qui hésitent.

Jade-16 est maintenant nue contre l'homme.

Elle a retiré sa jupe, son chemisier, sa lingerie, qui doit plaire aux hommes, en tout cas à ses divers clients. Elle se caresse contre lui. L'homme perçoit le contact des muqueuses sur sa cuisse comme un frottement désagréable. Il la détaille, le bâillement de ses paupières, l'excitation feinte, elle ne doit pas avoir plus de vingt ans. Elle porte un petit nez, de petites oreilles. Un piercing au niveau du nombril. Des tatouages floraux qui courent le long de ses avant-bras.

On dirait une actrice.

Il est seul face à son théâtre. Il connaît les règles, il sait ce qui doit se produire, l'âcre saveur du rapport, l'orgasme qui vient, puis la honte.

Jade-16 est un personnage, elle joue son rôle, elle a été payée pour cela, pour faire de lui l'acteur éphémère d'une mauvaise nuit d'amour. Son visage ne lui dit rien, ne lui révèle rien. Ce visage n'est pas vrai. Elle a beau poser ses lèvres sur les siennes, avec ses yeux ronds et verts, lui dire qu'il est « beau », lui exposer sa chaleur; elle a beau tout faire bien, comme une véritable amante, comme une amante naturelle, le bercer de sa langue, il est dans l'incapacité d'apprécier sa comédie. Il ne bande pas.

Il imagine une intense chaleur envahir la chambre. Comme si le soleil avait interrompu sa course pour se coucher dans leur lit. Soleil irradiant. Il imagine l'atmosphère s'assécher, l'air, l'oxygène, se consumer. Les draps, les couvertures, le matelas, commencer à noircir, à brûler. Le visage de Jade-16 se transformer, s'ouvrir soudain avec angoisse. Incapable de fuir, fixée au sol comme une mouche à cause de la chaleur. Il imagine ses lèvres se gercer. Ses bras, ses jambes, ce petit corps nu se lézarder. Il la regarderait agoniser, sentir le feu la pénétrer jusqu'au fond des poumons.

L'homme lui a préparé un masque. Il se lève tout à coup et le sort d'une petite boîte noire en carton cachée sous son lit.

C'est un accessoire étrange, une sorte de peau de citrouille retournée. On ne dirait pas un visage, mais plutôt une peinture, un tas de peinture mal séchée sur une toile. Jade-16 le regarde, nue, sans bien comprendre. Il ne l'avait pas prévenue. Pourtant, sur son annonce, elle précise : « Pour toute demande particulière, discutons-en avant. »

Jade-16 se méfie des fantasmes des hommes, car elle en a vu, des numéros bizarres, des sordides et des pas nets. Des timides qui se déchaînent d'un coup. Des mecs comme lui, un peu paumés, pas très impressionnants, mais dangereux, qui peuvent péter un plomb à tout moment, des mecs qui sortent une lame, qui veulent étrangler, prendre par surprise, des mecs qui veulent mettre les deux poings, tester les limites du muscle et de la chair, qui veulent tout essayer, tout ce qu'ils ne peuvent pas faire ailleurs, qui utilisent le corps de l'escort comme un défouloir. Tous ces mecs qui bandent dans la douleur, qui sont là pour tuer, qui ne baisent pas. Elle en a vu un paquet. Elle sait de quoi ils sont capables. Elle n'aime pas avoir le sentiment d'être prise au piège, elle sait que c'est en résistant à l'envie de l'autre qu'elle risque sa peau – la sienne.

Jade-16 décide d'obéir, après avoir inspecté le masque. Cet homme n'a pas l'air si méchant, et puis c'est sa marque de fabrique après tout. Elle pense déjà au commentaire qu'il laissera, aux cinq étoiles qu'elle s'est promis d'obtenir sur le site, pour être bien visible, pour bien gagner son argent. C'est sa marque de fabrique, elle est jeune, plus tard elle choisira mieux. Plus tard, elle s'imposera davantage.

Jade-16 est une expérience. Avant tout.

Le masque est enfoncé sur sa tête, ce n'est pas très agréable, il lui colle à la peau, elle sue à l'intérieur, elle bave, on dirait un vieux préservatif épais. Cette image la fait sourire intérieurement. Elle se rappelle ce client qui lui a demandé un jour de fourrer dans sa bouche, puis de mâcher, sa capote pleine de sperme. Elle avait obéi. C'était ridicule, mais pas si désagréable.

Elle ne voit l'homme que d'un œil.

Il la regarde et se déshabille. On dirait que l'excitation reprend.

Jade-16 s'allonge sur le lit, elle joue le jeu, c'est plus simple pour elle. Plus simple de faire semblant. Au moins, avec le masque, elle peut penser à autre chose, vider son esprit, le remplir de toutes ces fleurs qu'elle arbore sur son corps. Elle s'imagine dans un jardin, dans le jardin qu'elle aura un jour, rempli d'hortensias.

Il lui écarte les cuisses et colle sa bouche sur sa peau fraîchement épilée. L'homme se sent mal, il ne sait plus ce qu'il cherche, le masque ne fait pas effet, il n'y croit pas. C'est ridicule.

Il ne veut plus voir Jade-16, la trouve ratée. Alors, il reste entre ses cuisses, non pas pour se convaincre, mais pour se cacher. Il aimerait, s'il le pouvait, enfoncer sa tête en elle, aller à l'intérieur. Il imagine la scène, l'écartement des chairs à deux mains... Se glisser entre les muqueuses, s'enfouir au fond, remonter, remonter encore. Inverser le temps des hommes.

Mais il se force à goûter. À triturer. Cependant, il continue avec anxiété, tandis que Jade-16 gémit faussement. Collés l'un à l'autre, ils se sentent à distance.

Il aimerait la tuer et faire disparaître ce moment.

Mais il continue, l'homme a oublié de prendre son couteau.

Comment se débarrasser d'un être qui n'existe que dans notre tête ?

Après l'échec de la nuit dernière, l'homme a l'impression de recommencer à zéro. Dans la cuisine, accroché au rebord de la fenêtre, dévisageant le jour, le ciel lointain, orgueilleux, il brûle une cigarette. Puis une seconde. Si seulement une maladie pouvait le saisir, un infarctus, un AVC. Une mort immédiate. C'est un suicide de lâche – impossible. L'homme se penche légèrement par la fenêtre. Il suffirait d'un pas, se dit-il. Un simple pas. Un basculement du corps. Un peu de courage, bon sang. Se laisser courir dans l'air. Tomber. *Crac.* Il suffirait d'un pas pour s'écrouler dans la vie.

La fenêtre fermée, l'homme repense à la douleur. Il se dit que, au fond, c'est peut-être la solution. Retrouver la douleur et les coups. Tout ce qu'il a fui. Mais comment ? Pendant plus d'une heure, il visualise la peau rongée par l'acide. Un corps en cendres. Il fait plusieurs expériences, imagine plusieurs scénarios. Un incendie dans la maison familiale, la fumée qui prend à la gorge, amère, rance.

L'étouffement. Un gaz qui remplit la pièce, une flamme. L'explosion. Les membres déchirés, soufflés par une force surhumaine. Le déchirement de la peau et des muscles, l'éclatement des os. L'homme ralentit la scène, se concentre sur le contact de la peau et de la flamme. Mais l'expérience résiste à son imagination. Toujours sur Internet, l'homme a fait quelques recherches. Il s'intéresse aux grands souffrants. Prométhée, Job, le Christ. La lobotomie. L'excision. Le supplice des cent morceaux. Le taureau d'airain. L'émasculation. L'éventrement. Mais rien ne se produit, ni dans sa tête, ni dans son corps.

Il existe un forum pour les gens comme lui.

Les internautes y partagent leur découverte de la douleur. Certains postent des photos, des vidéos, pour prouver qu'ils ne plaisantent pas. Les autres commentent, interagissent, questionnent. Sous le pseudonyme de peau_inconnue, il part à la rencontre de ceux qui brûlent. Au milieu de ce tas d'hommes et de femmes, quelques profils proposent leurs services. Il ne s'agit plus d'escorting, mais bien de faire coïncider les envies de chacun avec les besoins des autres. Certains naissent pour faire mal. Ce n'est pas forcément payant. C'est une question de consentement, d'appareillage, de bonne combinaison. Dans la rubrique « annonces », des centaines et des centaines de messages commencent tous pareil : « Bonjour, je cherche un maître (on lit parfois *klk1*) pour me torturer sévèrement, je recherche avant tout la douleur… » La liste des supplices varie. On exige de la force. Un vrai tempérament. Et le désir s'étale numériquement. L'homme fait défiler les différents messages qui, pour la plupart, se limitent à une relation de soumis à maître dominateur. BDSM. Les membres de la communauté se soutiennent, s'encouragent. Ils paraissent assez courtois, polis, réagissant aux différents fantasmes sur un ton bon enfant. Les désirs découpent des univers parallèles, distincts, parfois rigides. Ce sont des mondes clos. Le scatophile refuse qu'on lui parle de pisse. « Non pas d'urine, je n'aime pas ça. Je veux juste qu'on défèque dans ma bouche. » Le zoophile accepte la pénétration par un cheval, mais s'inquiète des sensations de l'animal. « Est-ce que la bête prend du plaisir ? » De nombreuses sections sont consacrées aux fétichismes. Tindalos raconte combien il apprécie que son maître lui ordonne de se comporter comme un chien. Il a reçu une gamelle, précise-t-il, un os à ronger, une cage et, lors des sessions, il ne se déplace plus qu'à quatre pattes. Il aboie. Lèche. Rampe. Se gratte d'un pied. Un autre lui répond : « Je te comprends, moi c'est la vache. » Un autre : « Moi, le cochon. J'aime quand on m'humilie, avec mon groin, quand on me parle comme si j'étais une bête. Je jouis si fort. » Tous en reviennent aux fêtes anciennes, au temps des Mystères, des bacchanales, où l'on honorait les boucs et les satyres. Ils se rassurent en prenant les origines à témoin.

L'homme se dit qu'il pourrait trouver de l'aide sur ce site. Une main forte, capable de tout. Il poste une annonce. « Bonjour/bonsoir, je cherche quelqu'un, pas forcément dominateur, pour me faire mal. J'ai besoin de ressentir quelque chose. C'est difficile à expliquer. Je voudrais être brûlé. » Le message laconique est publié en moins de vingt secondes. Il attire rapidement l'attention d'un internaute, Robuste-am. « Vrai ? » L'homme répond : « Oui, vrai, bien sûr. » Robuste-am : « Viens PV. » Une fenêtre instantanée s'ouvre, en bas à droite de l'écran, hébergeant des discussions d'internaute à internaute, qui ne peuvent pas être consultées par les autres. L'homme sent son cœur battre un peu plus fort.

« OK. Mieux ici. Raconte-moi.

— Bonjour Robuste. Je ne sais pas comment raconter ça, mais j'ai besoin de ressentir quelque chose de fort. De plus puissant que tout ce que l'on trouve ici. Ça doit impliquer du feu, ou de l'acide. Je veux qu'on me brûle la peau.

— Limites ? »

L'homme réfléchit un instant, les doigts posés sur son clavier. Il se demande à quoi ressemble Robuste-am. Il n'a pas pensé aux limites.

« Non, pas vraiment. Je veux brûler au maximum.

— Pas légal. »

L'homme se pince les lèvres.

« Mais OK, reprend Robuste-am. Si t'es décidé, pas de pb. Je peux faire. Faudra y aller progressivement. Je commence par les pieds et on remonte. C'est OK pour toi ? Je peux te faire d'autres choses aussi. G un bon pedigree. Arrachage des dents, des ongles, marche bien pour sensations fortes. Tu aimerais ? »

Le bruit des clés tournant dans la serrure, provenant de l'appartement voisin, lui remonte dans l'oreille et l'arrache au silence numérique. Il fixe le mur. Il a l'impression désagréable de fuir. Dire oui, essayer. Pourquoi pas Robuste-am ? Quelque chose résiste. C'est que l'homme a le sentiment désagréable qu'on s'approprie sa recherche. Il voudrait être seul.

« Alors ? Je vais être dur avec toi. Je ferai cramer tes pieds, puis tes jambes et ta bite au chalumeau. Pour ça, faudra bien t'attacher. Tu vas forcément te débattre, pleurer, supplier. Ils réclament tous leur mère. Tu as des menottes ou des cordes ? »

Le silence s'installant, Robuste-am s'agace :

« Alors, salope, tu te débines ? Tu veux cramer ou quoi ? Me dis pas que t'es un de ces puceaux qui fantasment. Tu veux ou pas ? Réponds, petite salope ! »

Une odeur de viande cuite envahit les narines de l'homme. Ce doit être l'heure de dîner, quelque part dans l'immeuble. Il referme son ordinateur. Se lève avec lenteur. Il parvient jusqu'à la cuisine, inspecte le placard, tombe sur une boîte de thon, un vieux paquet de pâtes. Il pense encore, il pense toujours, il pense à chaque seconde à la grande brûlée. Ce soir, il devra se faire livrer. Ou alors ne pas manger. De toute façon, il n'a plus envie de rien. Il allume une nouvelle cigarette et ouvre la fenêtre. Le ciel est noyé par d'épais nuages noirs. Soudain, par inattention, la cigarette se frotte à son poignet droit, à peine une ou deux secondes, suffisamment pour qu'il pousse un cri. Il appuie sur l'endroit qui fait mal, puis retire ses doigts.

L'homme regarde la peau brûlée : un halo rouge, enflé comme un œil.

L'homme travaille son corps.

C'est un rituel erratique, qui débute le matin, au réveil, après la douche. Avec une facilité déconcertante, grâce à un site de bricolage, il s'est procuré des outils. Il n'a besoin de personne, pas même de Robuste-am. Tous ces outils sont maintenant disposés sur la table de la cuisine. Un chalumeau. Une pince. Une scie. Quelques clous. Un marteau.

Il a disposé des serviettes et quelques draps, sous ses pieds pour ne pas tacher le sol. Une bouteille d'eau, des compresses, des bandages et du désinfectant. Au départ, l'homme improvise, il caresse d'une main hésitante le marteau, s'en saisit, puis le repose. Il attrape un clou, vérifie sa pointe, appuie jusqu'à la sentir s'enfoncer dans l'épiderme, se ravise.

Qu'a-t-elle ressenti dans le métro ?

L'homme aimerait ne pas craindre autant la douleur. Il regarde la fenêtre un temps, observe un dédale de bureaux encore vides. L'obsession revient, c'est une morsure lancinante, la répétition d'une répétition. Un écho perpétuel.

Sans réfléchir davantage, il s'empare du chalumeau, l'allume, et fait glisser la langue enflammée contre son avant-bras gauche. La sensation est terrible, il ne tient pas plus de trois secondes. Une odeur de cochon grillé se répand dans la pièce. La peau chauffée pique, gratte, comme si l'on plantait des aiguilles dans la chair. Il en a mal au ventre, son corps se plie en deux, se casse, il gesticule bêtement, ne pouvant s'empêcher d'appuyer, par réflexe, sur la peau abîmée, sur la trace rouge qui grandit, là où il n'y a plus de poils. Il pleure une heure dans sa salle de bain.

Depuis quelques jours, les sessions s'enchaînent.

Une à une, l'homme explore les possibilités offertes par ses différents outils. Les brûlures sont difficiles à supporter, puis à maîtriser. Il a essayé les clous dans la cuisse. Quelques phalanges brisées à l'aide du marteau, jusqu'à détacher les ongles. Il a également réuni différents ustensiles domestiques. Un couteau à dents. Une râpe à fromage. Il passe maintenant sa journée à taillader sa peau, tout en prenant soin de ne pas aller trop loin. Il ne veut pas qu'une blessure grave l'éloigne de sa recherche.

Malgré cela, l'homme se rend régulièrement à l'hôpital.

Il ne sait plus quoi inventer. Les infirmiers, les docteurs l'accueillent avec méfiance, observent toutes les marques sur sa peau. On voudrait le garder en observation, on lui propose un suivi psychiatrique, une aide psychologique. Mais il ne veut pas, il refuse catégoriquement toute aide. Arrivera bien un moment où on ne le laissera pas repartir. Ils finiront par appeler la police, par prévenir sa famille. Il craint d'être pris au piège, d'être enfermé, tenu loin de sa vidéo. Il aimerait parfois leur expliquer, leur parler de ces images qui font flamber son esprit. Il n'ose pas. Il change de centre, privilégie les cliniques, les soins à domicile, apprend à se recoudre lui-même et à bien désinfecter la peau. On trouve des tutoriels pour tout sur Internet.

Et sa chute se poursuit.

Hier, un jeune livreur Deliveroo a essayé d'entrer chez lui. Assis dans le couloir, la porte entrouverte, l'homme ne pouvait plus se lever. Il avait trop mal. Il a essayé de cacher ses larmes, et puis ses bras, et puis son pantalon taché. Tout ce sang. Son visage est inquiétant, creusé, ses cheveux, gras. Son regard se déplace dans l'espace, mais ne saisit plus rien. Un zombie. Après avoir posé le sac de nourriture, le livreur s'est avancé dans le couloir jusqu'à l'homme, il s'est mis à genoux, a constaté les blessures.

« Ça va, monsieur ? Vous êtes sûr ? C'est quoi ce bordel ? Qui vous a fait ça ? »

Il s'est contenté de répondre par des hochements de tête.

« Qu'est-ce qui se passe ici ? Je vais appeler les flics, moi. »

L'homme a tourné la tête d'un coup, a plongé ses yeux dans ceux du livreur en tenue verte, portant toujours son casque comme une protection contre les aléas du monde. Toujours en course. Toujours en mouvement.

« Rien, rien... Tout va bien ici, tout va bien... »

Il a répété ces mots plusieurs fois. Il aimerait se lever, mais son corps est trop lourd. Son crâne pèse. Sa peau est parsemée de cicatrices absurdes, de plaies encore fraîches, de blessures, plus ou moins profonde, plus ou moins ouvertes, sur lesquelles il s'acharne.

Un bip se fait entendre, traversant le silence comme une balle. Le livreur a consulté son téléphone. Une autre livraison en attente.

« Comme vous voulez, monsieur, je vous laisse la commande ici. »

Il s'est enfui, après avoir claqué la porte.

Malgré son effrayant gabarit, l'homme veut essayer la scie.

Il ne touchera pas à son repas, pas avant d'avoir essayé.

Les dents contre la peau, il effectue un premier mouvement, puis un second, un troisième et il repasse encore. Par la fenêtre, il regarde le chevauchement des murs, des fenêtres voisines, des toitures. Il inspire profondément. Hormis quelques griffures, la chair n'a pas réagi. Alors, l'homme recommence, cette fois en appuyant de toutes ses forces sur le manche. Sous la lame, sa peau se découpe net, elle s'ouvre en deux et forme comme une bouche de laquelle un sang clair jaillit. L'homme panique. Il n'avait pas prévu d'aller aussi loin. Le sang s'écoule du bras comme d'un ruisseau, jusqu'au sol. Tétanisé, l'homme lâche la scie, puis essaie de retenir le sang, de recoller la peau, il expire, souffle, s'étouffe, crie, s'insulte intérieurement. Il ne ressent pas la douleur, rien qu'une peur vive qui lui perce l'estomac.

L'homme a perdu connaissance.

Trop inquiets, le père et la mère ont fini par mettre la main sur leur fils.

Le silence, les absences, les mutilations ne pouvaient plus durer. Le père a fermé les yeux sur l'état de l'appartement, l'état du fils. Il n'a rien dit, a fait comme si tout allait bien. Mais il a été ferme, cette fois.

« Maintenant, tu viens avec nous. »

L'homme n'a pas résisté, peut-être qu'il n'attendait que cela. C'est toujours mieux que la police ou l'hôpital psychiatrique. Quelques semaines, pas plus. De quoi reprendre des forces. Se déshabituer de ses habitudes. Tout le monde s'est bien occupé de lui. Chacun à son poste. Chacun à sa tâche. Ses parents le cachent, comme une sorte de monstre. Faut pas que les gens sachent. Faut pas qu'ils le voient. Infirmière, la tante est passée chaque jour pour s'occuper de ses blessures. Comme pour détendre l'atmosphère, bêtement, elle a déclaré :

« Ben, dis donc, t'y es pas allé de main morte, toi ! Mon vieux ! Tu vas être beau avec tes cicatrices ! »

La mère est inquiète, elle a cessé de sourire depuis quelques années. Elle ne parvient plus à briser cette distance qui la sépare de son fils, depuis qu'il a ses *problèmes*. Elle laisse les autres faire, ne sachant quoi lui dire, comment lui dire. Avant, il suffisait de le prendre dans ses bras. Pas une seconde ne s'écoule sans qu'elle se demande pourquoi, sans qu'elle se demande ce qu'elle a pu rater avec lui. Elle y repense en regardant les photos de famille accrochées au mur de la cuisine. Sa toute petite tête. Ce beau bébé poupon. Des lustres qu'elles ont été prises.

L'homme rentre chez lui, soigné, lavé, reposé. Il a promis que tout irait bien cette fois, qu'il allait trouver quelque chose à faire de sa vie. Que tout irait mieux. La mère n'a pas voulu le laisser partir, elle tourne et retourne le départ dans sa tête. On dirait qu'elle pressent ce qui va venir.

« Faut lui faire confiance, il est grand maintenant, répond le père, l'air soulagé. »

Dans la voiture qui le reconduit jusqu'à son appartement, l'homme ne voit pas d'autre échappatoire. Comment organiser sa fuite ? Il se hait tellement qu'il pourrait se jeter à la poubelle. Tout lui semble raté, incomplet. Par la fenêtre, il observe le mouvement des objets, des véhicules, des corps. Tout passe à une vitesse folle. Il aimerait être un autre. Être autre chose que lui. Il a tant lutté contre. Mais il reste accroché. Fixé. Enfoncé. Son « lui » ne veut pas partir. L'autoriser à changer. Dehors, les gens sourient, se promènent, marchent en groupe. Il observe les piétons, les cyclistes. Il observe les familles, les solitaires, les couples. Les abords d'un cinéma où une petite foule piétine avec excitation sur le trottoir. Les cigarettes partagées. Les éclats de rire. Peut-être quelques disputes. Il aimerait être n'importe qui – mais pas « lui ». L'infinie distance qui le sépare des autres le fait crever.

Peut-être qu'il faudra appeler l'ambulance, se dit l'homme. Oui, se promet-il, dès que je rentrerai chez moi, je les appellerai, pour qu'ils viennent me chercher, qu'ils m'injectent leur remède. Être tenu à l'écart. Mis à l'écart de lui-même. Juste cela. Rien que du silence. L'oubli. Un trou.

Et cette femme alors, comment vit-elle, cette femme ? De quoi vit-elle ?

En repensant à la vidéo, aux images, au visage, un vague sourire naît sur ses lèvres. C'est elle la solution. Il est pressé de retrouver son ordinateur. Elle redevient son but. L'excitation naît à nouveau, son cœur se met à battre, il a l'impression de mieux respirer dans l'habitacle du véhicule. Il ne regarde même plus dehors, ce monde-là ne l'intéresse pas. C'est la femme qu'il veut. Elle qu'il cherche. Qu'il a toujours recherchée. Cette vérité-là. Elle est son point d'arrivée. Le bout de sa nuit. « Elle aura les réponses ! » se dit-il.

Et le véhicule s'enfonce dans la ville.

L'homme vient d'échapper à la mort.

La brûlée s'appelle Camille.

Grâce à Internet, l'homme retrace le fil de ses deux dernières années d'existence. Après Paris, après l'agression, elle s'est installée à Caen. Une ville moyenne où elle doit profiter du calme pour se reconstruire. Les journaux en ont parlé un temps, son affaire a été relatée plus d'un millier de fois avant que l'actualité ne la fasse disparaître. Tout a été dit. Jusqu'à la couleur de sa robe, verte, et de ses sous-vêtements, noirs. Depuis, elle n'a pas souhaité s'exprimer, donner sa version des faits, témoigner. Pas un entretien, pas une interview. Elle ne passe ni à la télévision, ni à la radio. Camille se fait oublier. À quoi ressemble-t-elle maintenant? L'homme ne trouve aucune photographie récente. Des heures durant, il la cherche sur les réseaux sociaux. Elle doit bien être là, quelque part.

On trouve de tout sur Internet. Des photographies de ses parents, de ses amis, d'un ex-petit copain. Le bar dans lequel elle aurait dû se rendre. Son ancienne école de commerce. Son cinéma préféré. La station de métro Jussieu. Son lycée. La maison familiale. Quelques témoins. La silhouette de l'agresseur, une ombre familière. Une bouteille d'acide sulfurique. Le portrait de Camille avant l'agression. L'homme la scrute un instant. Elle a les cheveux blonds, relevés sur le dessus du crâne, puis couchés en arrière comme poussés par le vent. Elle a l'air espiègle, le sourire en coin. Des lèvres arrondies, serrées, qui forment comme une pince épaisse au niveau de la bouche. Sérieuse, avec son col claudine, son blazer. L'homme imagine sa vie de femme d'avant. Il la regarde comme une peinture, comme la Joconde au musée, il n'en connait pas vraiment d'autre. Il ne reconnaît pas vraiment la femme de la vidéo, celle qui le hante. Elle a l'air à l'aise, quoique figée, à sa place, dans le cadre, sous l'œil noir qu'elle défie de son menton relevé.

L'homme a toujours redouté les photographies. Ne sachant pas poser, toute capture est pour lui une souffrance. Ses yeux tournent, sa tête s'incline, il cherche une position qui le mettrait à son avantage, sans trouver. Ou alors il sourit comme un fou, nerveusement, le front plissé, la bouche ouverte. Il a souvent considéré son visage comme une anomalie. Ses pommettes saillantes. Sa tête en poire. Ses cheveux trop fins. Ses oreilles décollées. Il n'a jamais su en rire.

Camille ne s'est donc pas donné la mort et doit exister à Caen, malgré son silence.

Aucune mention n'est faite de la vidéo, l'homme en vient à se demander s'il ne l'a pas tournée lui-même, s'il ne l'a pas inventée. C'est vrai, il aurait pu en parler à la police. Au tout début, il a caressé cette idée. Mais quand il y pense, quand il y pense réellement, quand il s'apprête à se rendre à l'hôtel de police le plus proche, il prend peur. Et puis le temps a passé. Et puis, sans doute l'ont-ils déjà, cette vidéo... Et puis, surtout, si les agents posent des questions – ce qu'ils ne manqueront pas de faire –, que pourra-t-il leur répondre ? Comment a-t-il trouvé ces images ? Quand les a-t-il trouvées ? Pourquoi avoir gardé le silence ? Cette vidéo est vierge de toute information, elle ne contient aucune métadonnée particulière. Rien. Elle est vide, un pur assemblage d'images et de son. On en viendrait vite à le suspecter. L'homme ferait un coupable idéal. Avec ses scarifications, ses ennuis intérieurs, ses délires paranoïaques : un type qu'on aurait dû enfermer depuis bien longtemps.

L'homme voudrait poursuivre cette enquête tout seul. Bien sûr qu'il a pensé, et plusieurs fois même, à l'identité du caméraman. Un autre fantôme. Où est-il ?

L'homme observe une nouvelle fois le portrait de Camille.

Elle est sa seule issue.

Il ne sait pas si ce film est arrivé chez lui par miracle.

Peut-on parler de providence ? Contrairement à son père, lui ne croit pas à ces choses-là. Un jour, quand il avait onze ans, on l'a forcé à se rendre au catéchisme. Un mercredi après-midi. L'enfant n'a pas compris de quoi il s'agissait. Dieu, le Christ, ont longtemps été des notions abstraites. « Des conneries », a même dit la mère, qui se moque quand le père parle de ces choses-là. Avec sa voix un peu sèche, elle rajoute : « Fous-lui la paix avec tes conneries, tu vois bien que ça ne l'intéresse pas ! » Ce qu'il sait du Christ ? Qu'il a beaucoup souffert. Son père lui a raconté, avec les yeux humides, en grommelant dans sa petite barbe. Et parfois, l'enfant a l'impression qu'il parle de lui-même, d'une manière détournée. Jésus = lui ? Avec sa vie un peu dure d'humilié sourcilleux, avec quand même du courage aussi, avec des coups parfois, même des coups bas, ses douleurs aux genoux, la peur d'être abandonné, le désir de sauver toute la famille, depuis le fils jusqu'aux meubles. Ce que l'enfant retient aussi de Jésus, c'est le silence qu'il faut faire en entrant chez Lui. Silence de cathédrale, ce n'est pas qu'une expression. D'un coup la parole prend une autre dimension, avec l'ouate du silence, la résonance des pas, l'orgue en fond, l'atmosphère tamisée, les voûtes qui découpent un ciel étrange, plein de peintures et de fresques. Il a trouvé ça impressionnant. Ce silence qui remplit.

Alors, au catéchisme, il a pensé qu'on lui donnerait des réponses. Son père lui a dit : « C'est comme le centre aéré, tu vas te faire plein de copains. » Et puis on y apprend des choses. Mais ce mercredi-là, on dirait que les autres enfants, sous le regard des religieux, s'intéressent davantage aux dents écartées du garçon, à ses oreilles décollées qu'aux affaires divines. Abel, Caïn, Jacob, on verra ça plus tard ! On l'affuble de différents sobriquets. On le pousse, encore. Cruauté gratuite, presque légère. Tous en viennent à se persuader d'une chose : ce gamin est vraiment trop moche pour faire partie des leurs.

Depuis, il déteste les églises.

Elles lui font peur, avec leurs vitraux colorés, leurs murs gris. On dirait des cimetières. Sous tout ce calme, il perçoit la violence figée, tue, enfouie, qui attend de se libérer pour mordre.

L'homme ne croit en rien.

C'est pour ça qu'il a du mal à considérer le film comme un miracle. Et en même temps, il se répète : « Et si c'était vrai. Et si c'était cela ? » Parce que la famille, les amis, ça ne tient pas à grand-chose, ils sont là, autour de nous, par politesse, parfois par égoïsme, ou par peur. Mais alors Dieu, ce grand gestionnaire du vivant, s'il pointe son doigt ici, s'il fait tomber des cieux quelque chose, un appel, un signe, c'est bien qu'il tient à nous. Lui, vraiment complètement désintéressé. L'homme se dit ça. Il ne croit pas… Il croit en Camille.

La nuit suivante passe sans sommeil.

Toujours l'image lui revient dans la tête. L'image de la femme remue en lui. Toute la nuit. Il croit la voir partout, même lorsqu'il sort, sous le visage des autres. Sous la peau, sous la chair, elle est là : sa vérité à elle nous constitue tous.

Camille est un miracle.

Progressivement, la vie de l'homme ressemble à une vallée déserte dont la végétation est cramée, où ne roule plus qu'un sable acide. Sa terre se meurt. Il ne parle plus à personne, ne répond plus au téléphone quand il sonne, peine à manger, ne mange que pour survivre, il avale sans mâcher, avec beaucoup d'eau quand ça coince. Il fume sans cesse.

Son corps s'est amolli, le moindre mouvement lui coûte beaucoup. Il ne peut plus jouir de rien.

Le lendemain matin, poursuivant ses recherches, il est parvenu à trouver ce qu'il pense être l'adresse de Camille. Son lieu de réhabilitation. Son esprit s'échauffe, les battements de son cœur s'accélèrent. Camille vit. Il aimerait la rejoindre, pénétrer dans sa nuit, entendre sa voix.

Il doit la voir pour découvrir ce qui brûle en lui. Il espère comprendre.

L'homme pense au péché, à ce que lui a dit son père, un jour.

Ça le perd. Il doit partir vite avant que tout dégénère. Dans sa tête, il sent que ça sature déjà. Sa mémoire se dilate, il vacille continuellement.

L'homme détient l'adresse exacte de Camille.

Il part – il sait qu'il ne reviendra pas.

Б

Reconstruire un visage est impossible.

Comment des cicatrices peuvent-elles à ce point faire du mal ? On avait beau m'expliquer, je ne comprenais pas. Ce corps insupportable, cette violence sous la peau, je voulais les mater. Surtout, déguerpir de cette prison. La sensation de ne pas y être à ma place s'imposait. Qu'importe la sale figure, j'allais vivre. Malgré mes déchirures, j'allais boire la vie qui restait.

Le docteur Noguez débarqua un mardi, juste avant midi, après le massage, pour me proposer une nouvelle opération. Je compris, à son intonation, qu'il s'agissait de quelque chose d'inhabituel.

« Une greffe de visage. C'est une pratique encore rare, en particulier avec des cas comme le vôtre, mais ça se fait. Même si nous n'avons pour le moment que peu de recul, les résultats sont encourageants. Je précise qu'il ne s'agit pas de retrouver un visage normal, encore moins de remplacer votre visage par un autre visage. Je ne voudrais pas que vous vous fassiez trop d'illusions… En revanche, cela vous permettra de recouvrir certaines fonctions, le sourire, par exemple. Il faudra du temps, beaucoup de rééducation, si la greffe fonctionne… En tout cas, la décision vous appartient. »

Si la greffe fonctionne.

J'en étais donc réduite à cela ? Devoir porter le visage d'une autre. C'était indécent.

« Sortez de ma chambre ! SORTEZ DE MA CHAMBRE ! BARREZ-VOUS ! Un nouveau visage ? Vous vous foutez de moi ? Quand allez-vous me laisser sortir d'ici ? »

Noguez disparut dans le couloir.

Ma vie ne serait donc plus qu'une affaire de peau. Mon physique, une dictature. Je ne ferais plus jamais rien librement, naturellement. Toutes mes respirations, toutes mes pensées, tous mes gestes, tous mes élans, ne se feraient plus que par rapport à ma défiguration.

J'étais ontologiquement devenue une femme sans figure. C'était lancinant, ça me tuait.

La proposition de Noguez me rendait folle. Je pensais : Non, certainement pas, pas moi ! Impossible. Un autre visage ? Je n'en peux plus !

J'étais scandalisée. Un autre visage ? Pour moi ? Pour m'étouffer, oui ! Qu'est-ce qu'il a, mon visage ? On ne peut pas le laisser tranquille ? Juste me laisser vivre ! Je ne veux plus, je ne peux plus, et si ça rate ? Et si c'est pire ?

Je ne pouvais même pas envisager la chose, en faire juste une possibilité. J'avais des milliers d'arguments contre cette opération.

Ajouter de nouvelles pièces à mon visage, rajouter de l'étrangeté à l'étranger. Qu'on le laisse en paix ! J'avais l'impression que ces choses n'en finiraient plus, qu'ils trouveraient toujours un nouveau prétexte pour me garder auprès d'eux. Accepter la greffe serait redoubler l'horreur, doubler l'horreur d'une nouvelle horreur, d'une couche d'horreur nouvelle, d'une horreur toute médicale. Enfoncer l'horreur dans l'horreur. Et puis d'abord, à qui le prendrait-on, ce nouveau visage ? J'avais tellement peur de cette chair morte, inerte, que l'on découperait sur un corps mort, tout aussi inerte. J'avais peur de sa texture, de sa couleur, de son odeur, de son goût. J'avais peur qu'elle dissémine en moi, comme des millions de cancers, ses cellules de mort. J'avais peur du goût des lèvres, de ce baiser à jamais scellé.

Je dus négocier avec moi-même pour envisager la chose. Rien que l'envisager. Si cela pouvait leur donner bonne conscience... (Car à la fin, je crois que c'est cela, surtout, qui est en jeu. Que les docteurs se sentent capables de vous laisser partir... Qu'ils n'aient pas trop de remords. Contrairement aux prisons, ce n'est pas une question de bonne conduite, mais de bonne conscience. C'est pour eux que l'on reste.)

Si la balance risques-bénéfices est positive...

J'essayais de me représenter mentalement cette balance, avec d'un côté les greffés, sur lesquels avait pris la greffe, et de l'autre côté un cortège de mal-greffés, visage tombant, en train de mourir d'infections ou d'eux-mêmes. Noguez avait fait venir un spécialiste, le seul à avoir réalisé en France une telle opération. Il me parla d'une chirurgie « réparatrice », d'une chirurgie « qui avance à petits pas – mais qui *avance* ». Selon lui, une greffe totale du visage, encadrée, surveillée, pouvait être une solution adéquate.

« Ce n'est pas anodin, ajouta-t-il, mais cela peut fonctionner. Pour certain, c'est miraculeux ! »

Je me méfiais des miracles désormais. Tous prenaient des pincettes, je devais faire confiance. Nous entrions ensemble dans le domaine de l'expérimentation. Noguez acquiesçait silencieusement.

« Vous vous êtes battue, Camille, comme personne. Malheureusement, certaines blessures, malgré toutes les techniques qui existent déjà, continueront d'être des blessures. Ce que j'aimerais, moi, c'est vous permettre de sourire. D'habitude, nous prenons plus de temps, nous laissons la peau se refaire. Mais nous avons une donneuse potentiellement compatible, c'est une chance. Et le temps presse… »

Ce professeur avait une façon très guerrière, très grand commandeur, de me parler. Il avait conçu pour mon visage un véritable plan de bataille. Selon lui, j'étais une résistante et je livrerais bientôt un dernier combat. Grâce au nouveau visage, on raccorderait gaines et axiomes aux muscles, pour que tout pousse ensemble, se reforme et s'adjoigne. C'était une sorte de maraîchage chirurgical. La reconquête d'un empire. Le professeur ajouta :

« Il y a une part de hasard dans chaque bataille. Mon rôle, c'est de faire en sorte que le hasard soit à notre service. »

Mon visage était hors-service, hors d'usage. Avec une nouvelle peau, je pourrais embrasser ma mère. Je pourrais ouvrir la bouche, respirer convenablement, sourire, sans trop forcer, tendre ma chair, donner à ma figure un semblant d'expression.

Je n'aurais toujours pas de visage, ou bien pas vraiment de visage, pas de visage *visageant*, pas de visage tel qu'on l'envisage communément, pas ce visage-là, pas votre visage, votre confortable visage, mais un visage dégradé, un semi-visage, un visage sans réelle visagéïté, une face sans faciès, un sourire qui ne ferait jamais rire, des lèvres qu'on ne pourrait embrasser, des yeux qu'on ne fixerait plus, mais j'aurais un visage quand même – et avec cela, un semblant d'humanité.

« Si les choses se passent bien. »

Je m'émouvais du risque, de ce fameux hasard, qui, dans ma situation, n'en était plus vraiment un.

Mourir, au pire ?

D'un coup, j'eus envie d'être dans un champ de coton, loin de tout, préservée, simplement reposer sur cette blancheur aveuglante, sur le nu des plantes. Plutôt que du coton, je trouvais un greffon. Un greffon... Pourquoi pas un greffon ? Une nouvelle figure toute propre prélevée sur une morte.

J'allais lui dérober ce qu'elle avait, vivante, de plus cher. Elle m'offrirait – peut-être – de quoi survivre. C'était un pur don. Une dette dont je ne pourrais jamais m'acquitter autrement qu'en vivant. Est-ce que les morts tiennent encore à leur visage ?

Un visage de rechange, comme une nouvelle tunique.

On allait m'habiller avec la peau d'une autre.

J'allais profiter d'une nouvelle enveloppe. Un masque de chair. Pouvais-je tomber encore plus bas ?

J'acceptai.

J'avais peur d'être déçue. J'étais passée par tant d'états, j'avais renoncé à tant de choses, j'avais tant perdu... J'avais peur que le risque, que tout ce risque, n'en vaille pas la peine.

Et si rien ne change ?

Et si mon corps refusait ?

Alors là, dans ce cas, d'après ce que j'avais compris, c'était la merde. Parce que si le corps ne veut pas de cette greffe, comment dire, c'est fini. Vraiment fini. Ce n'est pas comme dans une relation, où les gens sont plus ou moins liés, peuvent se détacher, partir, revenir, faire semblant. Être deux tandis qu'ils ne font qu'un.

Quand le corps dit non, ou bien quand l'esprit proteste, le problème, c'est que le visage, lui, se maintient. On ne peut pas en changer. On ne peut pas choisir dans le catalogue quelque chose qui nous siérait mieux. On ne peut pas non plus le retirer. Quand le visage résiste, toute la peau se nécrose. Elle pourrit. Devient violette, puis noire. Et puis s'infecte. Et puis vous mourez, comme ça. L'opération de trop.

Il fallait donc que je me persuade de n'avoir plus rien à perdre. Plus facile à dire qu'à faire. Je m'étais organiquement accrochée au simple fait de vivre. De vouloir vivre. Sans aucune autre raison que celle de vivre, de respirer, comme un mollusque. N'étant plus humaine, je n'avais pas à prétendre aux mêmes droits. Il fallait que je me persuade, aussi, de mon exclusion de la race des hommes pour ne pas pleurer sur mon sort, pour ne pas m'inquiéter. Ce n'était pas *la* vie, mais de la vie. Du vivant dont on pouvait se parer. Oui, c'était injuste, bien sûr, mais des injustices, il y en a tous les jours. C'est juste *trop* injuste quand cela tombe sur vous. Je ne voulais plus passer des nuits à m'abîmer l'esprit en me rongeant les dents, à répéter : Pourquoi moi ?

Et la greffe se fit.

Votre esprit est toujours un mauvais allié.

Vous avez beau renoncer à l'espoir, en douce, comme en secret, votre esprit le cultive. Il a son petit jardin. Il plante ses petites graines, et des idées fleurissent, et vous, qui n'attendiez rien, vous commencez à espérer. À votre insu.

Secrètement, je nourrissais l'espoir de me trouver un peu plus regardable. Pas belle. Jamais. Mon pronostic esthétique était vitalement engagé. J'étais même, de ce point de vue, morte. Esthétiquement morte. Ma beauté avait son carnet de décès, je l'avais enterrée. Non, pas belle. Juste regardable.

J'étais naïve, imaginant la greffe comme ces masques réalistes utilisés au cinéma, ces faux visages, que le héros, ou le méchant, revêt pour tromper son monde. En même temps, je me disais à quoi bon ? À quoi bon la greffe, si c'est pour rien ? On n'opère pas pour le pire ? Ils ne me feraient pas ça…

L'opération fut longue.

Mais le chirurgien ne fit pas d'erreur notable.

Nouveaux pansements, nouveau masque compressif. Rien n'avait changé, et même si la greffe avait pris, pour le moment, je demeurais une gueule cassée.

Le plus difficile fut la rééducation. Lente, fastidieuse, éprouvante. Tout se répétait. Après la destruction, la reconstruction. Puis la destruction de la reconstruction et la reconstruction par nouvelle construction. De quoi s'arracher les derniers cheveux plantés sur mon crâne. Ce nouveau visage, c'était un nouveau corps. Mon cerveau donnait des ordres, mais le visage ne répondait pas. Tout était à refaire. On avait posé sur ma face une toile inerte, qu'il fallait maintenant mettre en mouvement.

La rééducation est à la fois humiliante et décourageante. Je me disais intérieurement *souris*, j'essayais de soulever les joues, d'arborer un rictus, qu'au moins la peau se plisse, mais rien ne venait. Comme quelqu'un qui cherche à apprendre la télékinésie, à plier, par la force de son esprit, une cuillère en argent.

Tout coûte. Tout devient affaire d'efforts extraordinaires, de dépassement. Tirer la langue ? Si seulement ! On s'épuise rapidement. On a envie de pleurer, parfois de rire face au ridicule de la situation. Je retrouvais mon cercle d'infirmiers, de kinésithérapeutes, d'ergothérapeutes, de psychologues. Noguez m'inspectait quotidiennement. Elle avait l'air surprise, elle aussi, que cela fonctionne. Quand ma peau était nue, le masque enlevé, quand je ne pouvais encore rien voir, rien voir que ses yeux, que son sourire, quand elle se penchait sur moi, quand elle tâtait, elle disait : « C'est bien… C'est bien… »

Si mon corps avait une conscience, s'il était un être à part entière, je pense qu'il me ferait de la peine. À baver, à avoir mal, à pleurer pour un rien. Je le regarderais un peu comme ce SDF balafré, duquel on détourne le regard. J'avais de la compassion pour ce pauvre corps sur lequel je n'en finissais plus de tirer, que je maudissais à nouveau, que je trouvais trop lent, trop faible, trop impuissant. Il avait pris, plus que moi. Mes blessures, je pouvais les cacher, les enfouir, les sublimer, moi. Je pouvais les trimbaler dans le silence de mon être. Mon corps, non. Parfaitement transparent à son mal. Il était plus victime que moi. S'il y en avait un qui devait avoir envie d'abandonner, c'était bien lui.

Certes, il restait de la vie. Parfois, j'observais la pointe de mes seins se contracter, tandis qu'un vent frais s'engouffrait dans la chambre. Parfois, je les sentais durcir tandis qu'une main, une simple main, venait masser mon dos ou mes épaules. Je sentais des frissons courir le long des joues. Mes lèvres, je les sentais aussi, je les sentais s'activer, l'une contre l'autre, je sentais quelque chose ! C'était là. C'était le début, mais c'était là.

Alors, pendant des semaines, dans ma chambre, entre les soins, je parlais à mon corps. Je parlais à mes blessures. J'auscultais la peau, parfois même je l'embrassais. Nous allions survivre, réapprendre à faire communauté. Toi et moi. Nous serions davantage que des peaux dissociées, que des agrafes, des cicatrices et de la chair gercée. Je leur disais qu'on devait se serrer les coudes.

Quelque chose résistait. C'était le visage de l'inconnue. On aurait dit une contrefaçon, la contrefaçon ratée d'un visage de femme. Cela avait l'allure d'une prothèse. J'étais peut-être moins monstrueuse, avec ma peau moins granuleuse, mais je restais grotesque.

J'étais grotesquement déformée.

Ce nouveau visage m'était un intrus qui devrait, comme les autres, se soumettre à mon règne.

La rééducation stagnait. Retrouvant ma chambre, je rappelai à l'ordre ce visage : Obéis, obéis-moi, mon vieux, parce que sinon fais gaffe. Je le menaçais, avant de le caresser. Je disais au visage : si tu ne bouges pas, j'arrache tout. D'un coup, je retire le nez, les joues et les lèvres. Je te charcute, mon vieux, j'en ai rien à foutre de tes histoires, de ton passé, d'où tu viens. Maintenant tu es chez moi.

Mes sourires sont devenus de plus en plus naturels, de plus en plus étendus.

Restait l'énigme de ce que j'étais devenue.

De ce qu'il était, lui, ce nouveau visage, par rapport à moi. Cicatrices, surcicatrices, peau, nouvelle peau, j'étais un entremêlement de couches, une stratification chaotique de dermes et d'épidermes.

Une mille-peaux.

N'étais-je qu'un souffle, n'étais-je qu'un cœur ?

N'étais-je que des muscles, que des tendons, des os ?

N'étais-je qu'une architecture mouvante, capable d'animer ce visage comme un pantin ?

Ou bien étais-je davantage ? Permettre au visage de poursuivre, de persévérer. Trouver une vie vivante.

Nous avions tous les deux vécu un drame.

Nous portions notre deuil.

Il nous fallait cicatriser ensemble. Ou mourir.

Pendant des semaines, pendant des mois, pendant tout le temps que prit ma convalescence, je me questionnais sur la nature de ce visage. Ce visage silencieux qui semblait endormi sur ma face. Ce visage invisible. La rééducation progressait. Je progressais. J'arrivais à sourire, péniblement, mais à sourire quand même. Je sortirais bientôt, je sortirais bien vite. L'horizon était là, proche, au pied de mon lit, à travers la fenêtre, dans le jardin du centre, au milieu des couloirs. J'allais quitter cet espace. Trouver le mien. Retrouver une liberté. Enfin vivre.

Quant à l'énigme… Je me fiais à une réponse simple.

Un amalgame.

J'étais à la fois la chair morte et la chair vivante, la chair brûlée et la chair recouvrante. J'étais les terminaisons nerveuses détruites, et celles renaissantes. J'étais les lèvres nouvelles, et la carcasse ancienne. J'étais ce nez, ce nouveau nez, et le nez d'en dessous. Des monticules de peau, du derme restant et du nouvel épiderme. J'étais les taches violettes, une peau dépigmentée, des cicatrices, des dents cassées. J'étais l'œil brûlé et le souvenir de cet œil, cet œil ouvert et puis cet œil fermé.

J'étais en double.

Comment regagner la vie réelle, l'existence, après une si longue absence ?

J'étais inquiète. Excitée, mais inquiète. Je voulais sortir, oui, mais j'avais peur, comme d'un nouveau dévoilement, de ce que ce monde-là, monde extérieur duquel j'avais été extraite comme une peau morte, pourrait me faire ressentir. Je craignais de quitter le cadre douloureusement confortable du centre. Je craignais de changer de rythme, de devoir refaire, retisser, tout une série d'habitudes. Peur d'être perdue ou désorientée. Certes, je ne serais pas seule, on continuerait de m'assister. Mais ce n'était pas pareil. J'avais peur du changement. De ne pas y survivre. Le monde extérieur m'exposait à de nouveaux dangers, à une nouvelle violence. Au centre, entourée d'anormaux, je pouvais vivre normalement, avec mes petits pas, mes cicatrices douloureuses, ma mocheté, je pouvais vivre sans me faire trop de souci.

Il fallait pourtant partir. Avant de le quitter définitivement, je fis le tour du centre. J'allai dire au revoir à mes quelques camarades et, leur caressant la main, je leur souhaitai bonne chance. Je remerciai le personnel, l'œil humide. « Adieu. » Je laissais derrière moi des heures de désespoir. Ils m'avaient portée. Ils m'avaient accompagnée. Ils avaient tenu parole.

La sensation était étrange. Pour la première fois, je faisais un pas de côté. Eux restaient, je m'en allais.

Moi qui avais cru, pendant tout ce temps, que le centre hospitalier tournait autour de moi, que je dictais ses heures, ses gardes, ses respirations. Je compris que je n'étais qu'un cas parmi d'autres, qu'une toute petite pièce du rouage, du temps passé. Déjà ma chambre était attribuée à un nouveau patient.

Pour mes premiers pas hors du centre, Noguez m'accompagna. Elle me tenait par le bras, comme une petite grand-mère. Je portais mon masque transparent. Des vêtements amples, informes. Je marchais d'un pas lent, je sentais les rayons du soleil piquer ma peau et mon œil, en pleine lumière, s'ouvrir avec peine. Le vent frappa mon cou, s'immisça sous mes aisselles, glissa contre la paume de mes mains. Je me sentais nue, vulnérable, étourdie par le bruit d'un chantier, par le mouvement des hommes. J'étais dehors. Un dernier regard en arrière. Je me rappelle de l'abri-bus, juste à côté de l'entrée, de la vieille dame assise, jupe en laine rouge, qui me fixait.

Fébriles, mes parents me ramenèrent à la maison. Nous en avions discuté, cela ne durerait qu'un petit temps. Juste le temps de trouver autre chose, ailleurs.

Durant le trajet, mon père lançait de furtifs coups d'œil dans le rétroviseur intérieur, tandis que ma mère parlait à une entité fantomatique, moi, sans jamais se retourner.

Je retrouvais peu à peu des sensations familières. Leur accent ch'ti. L'intonation aiguë de ma mère, son débit de paroles. Le silence de mon père. Son visage verrouillé. Il devait s'en vouloir d'avoir été si peu présent.

« On t'a trouvé une super kiné, paraît que c'est la top du top ! Elle sera là demain matin. »

Une fausse normalité cherchait à s'imposer dans l'habitacle. À se répandre.

Ma mère dressait l'inventaire des choses à faire, à acheter, à organiser, tandis que mon père se contentait d'acquiescer, en poussant parfois quelques grognements. Elle se plaignait aussi de l'augmentation du prix des carburants, de la vie chère, des nouveaux voisins bruyants, de leurs quatre gosses mal éduqués, de leur chien qui pissait sur les fleurs. Sans discontinuer. Elle se plaignait de son travail, des heures non payées, de son patron qui partait à la retraite, de l'incertitude qui pesait. « On trouvera bien une solution. » J'essayais de répondre, mes lèvres en frémissaient, j'essayais de m'intéresser à ses douleurs de dos, à ses craintes. J'avais oublié l'écoulement de la vie, je m'étais déconnectée de la leur. Je n'avais pensé qu'à moi, rien qu'à moi. Et se formait maintenant une distance rigide. Un *no man's land* me séparait d'eux. Comment leur dire que je m'en foutais de leurs problèmes de factures ?

« Bon, tu feras comme tu le sens, mais la famille aimerait te voir. Je leur ai dit de te laisser un peu de temps, mais, quand même, faudra qu'ils passent. Ils ont besoin de te voir », continuait ma mère.

J'observais par la fenêtre le défilement des voitures. Tout me semblait aller trop vite, trop brutalement. Les panneaux de circulation. Les feux rouges. Les aires de repos.

Les déviations. Le bruit de la radio. Les nouvelles qui s'enchaînent. La conversation qui se poursuit. Les klaxons. Un clignotant. Un virage serré. La voix du GPS. Un téléphone qui sonne. Une conversation qui reprend. Le soleil qui tourne. Les véhicules que nous doublons. Les voitures qui nous doublent. Mon père qui dit : « Salopard. » La main de ma mère sur son épaule. Mon corps souffrant de la vitesse. De ne pas avoir le contrôle. Chaque virage. Chaque intersection. Chaque accélération. Chaque vrombissement du moteur. Mon ventre qui se serre. La peur dans les tripes. Je craignais une collision, un dérapage, je voulais tenir le volant ou quitter l'habitacle. J'avais envie d'ouvrir la porte, de laisser glisser mon corps sur la route.

Je luttais contre moi-même.

Contre l'angoisse. Contre le dégoût. Contre la haine.

J'avais envie qu'on fasse demi-tour. J'étais à deux doigts de les supplier de me ramener au centre. Je voulais voir Noguez, j'avais besoin d'elle. J'avais besoin des autres. Tous ces visages normaux. Toutes ces faces intactes, préservées. Souriantes.

Je me disais que ça allait être terrible.

Je m'enfonçais dans le fauteuil passager. J'avais envie de m'y fondre. De disparaître.

5

Camille s'est retranchée dans une pointe du territoire.

L'homme n'est jamais allé vers ce bout-là, il n'a pas beaucoup voyagé, parce qu'il a toujours eu peur, parce qu'il n'aime pas être seul, ou plutôt, parce qu'il n'aime pas être seul en présence des autres. Il vit seul dans sa solitude.

Dans son train, il a eu le temps de penser à tout cela. Il se sent protégé dans l'enveloppe d'acier qui trace à toute allure le long de la voie ferrée. 317 km/h. L'homme se demande à quoi cette histoire pourra mener, quelle issue pourra être dégagée. Il aimerait voir dans sa fuite un dessein caché. Que quelque chose l'attende à l'autre bout.

Il aimerait que Camille sache qu'il existe. Qu'il est là.

Il n'y a rien d'écrit dans sa tête. Aucun plan.

Certes, il a imaginé une rencontre fictive, ses aveux, une longue confession. Il a imaginé Camille attentive, après tout ce temps. Elle doit savoir. Il la croit patiente, curieuse. Il pense pouvoir combattre sa méfiance. Déverrouiller l'accès.

Il aimerait l'entendre, elle. Écouter son histoire. Colmater les brèches du récit. Savoir ce qu'elle est devenue, ce qu'elle a traversé. Comment a-t-elle réussi à vaincre l'envie de mort?

L'homme aimerait partager son récit, le frotter au sien, qu'apparaissent des liens, des connexions secrètes, encore cachées. Mais le mystère s'épaissit à mesure que le temps passe, le mystère sous sa chair, dans son cœur.

Il sent qu'il n'appartient plus au monde en s'éloignant du sien.

Il a l'impression que chaque kilomètre écoulé, effacé dans le paysage flou, laissé derrière lui, l'arrache à l'existence humaine. Il a l'impression que ce train le conduit autre part. Dans un autre univers. Loin des hommes. Loin de lui-même.

Au milieu de la voiture 17, bien installé, il regarde tous ces visages fermés, toutes ces faces closes dont les yeux fixent un point, un point vague, au loin, uniquement troublé par la vitesse du train, dont les yeux naviguent sur l'écran de leur téléphone. Tous ces hommes placides qui s'affairent à être simplement là, qui lisent le journal, discutent. Le balancement incessant des pieds, des mains. Toute cette nervosité que l'on comprime. Tous ces hommes qui tapotent sur leur ordinateur sans que l'on sache pourquoi. Toutes ces solitudes qui se côtoient et vivent pour s'échapper.

Tous ont l'air occupés, tous se rendent quelque part, tous sont attendus pour agir, pour œuvrer. Il doit y avoir des gens sur lesquels le monde compte. Des individus utiles, presque nécessaires.

L'homme les observe dans le reflet de la vitre, pour éviter de croiser leurs regards, parce qu'il les supporte mieux ainsi. Simples images mouvantes.

L'homme n'est pas attendu, rien ne l'attend là-bas.

On ne l'a jamais attendu. Ses parents? Ils n'ont pas d'autre choix, malheur du fils unique. Un chat le remplacerait, si sa mère n'avait rien contre. L'homme soupçonne même que le monde se porterait mieux sans lui. Que ses parents iraient mieux aussi. Arrêteraient de dire : « On se fait du souci. » Il se dit que lui dans la tombe, lui dans les cendres, lui dans un marécage, ce serait mieux pour tout le monde.

D'autres idées viennent, percent sa conscience, poussent dans son crâne. Tous ces visages impassibles. Quel genre de désordre pourrait les animer? Tous sont faux. Des contrefaçons. Des imitations. Des simulacres. Avec leurs longs costumes. Avec leurs tenues de voyageurs. Toutes ces familles, péniblement joyeuses. La lame qu'il a prise avec lui pourrait être utile. Que faire? La sortir, provoquer la panique? Pas un attentat, juste une attaque. Plonger comme un fou vers la violence. Avec la même rapidité, la même efficacité que ce train à grande vitesse. Gratter du tranchant le muscle sous la peau. Instaurer le chaos. Y survivre.

L'homme retrouve son calme en pensant à Camille.

Il la visualise, dans ses habitudes nouvelles, dans son existence reconstruite. L'imaginer à ses côtés l'apaise. Il écrit les dialogues de cette rencontre fantasmée. Il réfléchit à la façon dont il pourra se présenter. Comment lui dire ? Comment lui expliquer ce qu'il est, ce qui l'amène ? Ce qu'il a fait.

L'homme a bien conscience que son histoire est dure à comprendre, que lui dire tout cela, et bien plus, ne sera pas facile.

Camille le prendra pour un malade, comme tous les autres. Pour un fou.

Il a peur. Il a passé toute sa vie à se cacher, à se morfondre, à avoir honte. Toute sa vie, il a baissé les yeux, il n'a jamais combattu. À la moindre épreuve, il a toujours cédé. Comme son père.

Sa mère lui a dit, un jour, qu'il était un lâche. Rien qu'un lâche. Qu'il fallait se bouger. C'est ce jour-là qu'il l'a giflée. C'était dans un restaurant. Il a quitté la table en pleurant. Il ne reproche rien à sa mère. Il sait qu'elle a raison.

Elle a raison, parce qu'elle le voit incomplet. Parce qu'ils n'ont jamais su discuter. Il pourrait l'appeler tout de suite, appeler son père. Il pourrait leur parler. Ils doivent déjà se faire du souci.

L'homme s'accroche à Camille. Il ne reste plus qu'elle.

La ville de Caen a été dévastée.

En quelques semaines, il a suffi d'une pluie de bombes pour raser les habitations, les commerces, les parcs, les forêts, les champs. Retourner la terre. Ses paysages ont aujourd'hui deux faces qui se mélangent. La modernité s'est greffée à la mémoire des pierres anciennes.

L'homme s'est installé à l'hôtel, à côté du Jardin des plantes. Depuis l'étroit balcon de sa chambre, il le regarde toute la nuit. Le vent fait battre les feuilles, anime les mille espèces de végétaux qui y dorment. Spectacle infini du mouvement éternel. Tous ces arbres, les séquoias, l'immense sophora, le tranquillisent. C'est un peu comme la mer, qui ne juge pas, qui s'abat calmement avant de reprendre ses forces. Le souffle du vent charrie les feuilles, pousse les fleurs, comme la vague propulse sa bruine, bave son écume contre les plages.

L'homme fume une cigarette.

Ici, le ciel vient se briser sur la terre et les étoiles forment un sol rassurant.

En silence, il savoure un verre de vin, l'ivresse le surprend et lui donne envie de faire demi-tour. Il se dit que demain, oui, demain, il fera ses valises, qu'il oubliera Camille. Il se dit qu'il va aller mieux maintenant.

Qu'il va s'en sortir.

L'homme s'est réveillé la tête enfouie dans l'oreiller, avec un mal de crâne, comme si on perçait, comme si on frappait, comme si on le tenait en étau. Le drap s'est arraché du matelas, comme les autres nuits, peut-être davantage encore.

Il a remué.

C'est sa fièvre.

C'est toujours comme ça quand il fait des rêves, de mauvais rêves, enfin il ne s'en souvient jamais. Il se réveille péniblement, lourdement, amer, un peu brisé à l'intérieur.

Toute la nuit il a pensé à Camille.

Il se lève triste, vidé. Quelque chose, cette nuit, pendant son sommeil, est venu effacer les pensées de la veille.

Ce matin, se dit-il, il ira se poster devant les grandes portes rouges métalliques qui protègent Camille du monde extérieur. Il a vérifié, elle vit dans une résidence assez cossue, à l'écart de la ville.

Une résidence sécurisée.

Il espère la trouver. Il sera patient. Comme un fauve.

C'est la même résidence que sur les photographies.

Identiquement construite.

L'homme prend le temps de la détailler. Rien ne se lézarde, pas un mouvement à l'horizon, il est dix heures. Le bâtiment est bien dressé, quelques voitures sont garées devant et derrière les grilles. Il le regarde comme d'autres regardent les cathédrales, l'œil lourd. Il aimerait que l'immeuble qu'il scrute, et dont il attend une apparition, ait ce sens-là. Que son histoire recouvre une profondeur identique. Quelque chose qui ne serait pas dérisoire.

L'homme imagine Camille, les mouvements de Camille, le corps de Camille coincé entre quatre murs, dans un rectangle abstrait, au milieu d'un autre rectangle. Elle se déplace d'un côté, puis de l'autre, se sert un verre d'eau, évite de croiser son reflet. À quoi peut-elle bien penser ? De quoi sont faits ses matins ? Comment trouve-t-elle la force ?

Regardant la façade depuis bientôt une heure, il a l'impression brutale de sa vacuité face à l'immobilité des murs ; que son trajet jusqu'ici, que sa fuite en avant, que cette folle course contre une chimère, ne mèneront à rien d'autre qu'à sa mort. Il reste assis sur une sorte de butte, le cul sur la terre molle, mais ne domine rien. Il observe au loin une grue dont le lent mouvement vertical lui rappelle sa vie. Lent écroulement de l'édifice. Toujours se méfier d'une position verticale. Il fume une autre cigarette.

Le temps s'écoule. Son téléphone a sonné trois fois dans sa poche. Qui peut encore penser à lui ?

Les grilles s'ouvrent, Camille sort. Son pas lent l'abandonne dans la rue.

Le soleil frappe sa peau et la femme réajuste le voile sur sa tête, autour de ses joues, de ses oreilles. Le tissu l'enveloppe, la protège. Elle a dû choisir Caen pour cela. L'homme a lu quelque part que les brûlés dans son genre doivent éviter de trop grandes expositions au soleil. Il faut une ville grise, mais aujourd'hui il fait beau. Si chaud.

Sur elle, l'homme a les yeux grands ouverts.

Son cœur cogne. Quelque chose lutte au fond de lui. Il faut rester calme. Silencieux. Ne pas perdre le contrôle. Se défiler, crier, ou pire. Il a tellement pensé à Camille qu'il a fini par croire qu'elle n'existait que dans sa tête. Observer sa réalité, l'observer dans des mouvements réels, son ombre projetée sur le sol caillouteux, le rassure.

Il la dévore curieusement du regard depuis sa butte, ne prend pas la peine de se cacher. Il fixe, debout. Camille est de dos, elle s'en va.

Il aimerait la prendre en photo, l'interpeller, qu'elle lui parle, qu'elle se retourne, simplement qu'elle tourne son visage vers lui, qu'elle s'immobilise au milieu du lotissement, qu'elle le fixe un instant, un instant seulement, qu'ils croisent le regard.

Pour le moment, l'homme demeure à l'écart de sa réalité.

Il aimerait se perdre en elle, chavirer dans son œil, son œil fixe dont il a vu la paupière remuer.

Il veut voir.

Il a besoin de voir plus.

Plus encore. Encore plus.

Mais il ne fait rien.

Elle s'éloigne, se perd à son regard. Mais ne fuit pas. On dirait que c'est lui, lui qui tremble.

Calmement, l'homme descend et se faufile. Il marche dans les pas de Camille. Entre le haut de son pantalon et le nu de sa cuisse, il sent la lame l'écorcher.

Il aurait dû la coincer autre part.

4

L'ambiance chez mes parents me donnait l'impression d'assister chaque jour à mon propre enterrement. Il y avait les soignants, et puis les autres. Surtout les autres. On entrait, on venait, on m'adressait quelques mots sans me regarder trop longtemps. Tous étaient optimistes. « Ça va aller, ma petite. Tu as passé le plus dur ! Faut voir les choses du bon côté. C'est dans la tête que tout se joue. » Voulaient-ils me faire croire qu'un visage, après tout, ça ne servait pas à grand-chose ? On en fait tout un plat avec les visages… Mais franchement… Ce qui compte, c'est le cœur, n'est-ce pas ? La grande, la pure, l'inépuisable beauté intérieure. Mes parents avaient pris soin de faire disparaître des murs, de tous les murs, de toutes les étagères, y compris dans leur chambre, les photographies d'avant. Comme si je n'avais jamais existé. Comme s'il fallait effacer les traces. Qu'avaient-ils fait de toutes ces photos ? Les avaient-ils brûlées ? Jetées aux ordures un matin ? Ou bien les conservaient-ils dans une boîte, bien rangée, bien planquée, au fond de la cave, derrière les vélos et mes jouets d'enfant ? Je ne pouvais pas rester ici.

J'avais dit : « Partout, mais pas ici. »
Alors, ce serait Caen.

Depuis ma disparition, le monde était resté intact.

Je n'étais pas partie depuis si longtemps, ce n'était pas comme dans les films, après un grand exil, où les yeux observent avec angoisse la nouveauté, l'effacement, la subversion du passé.

Le monde demeurait.

Il n'avait pas changé d'un iota. Même à Caen, que j'avais connue enfant. La ville avait gardé son visage, sa face si reconnaissable, son mouvement, sa foule, sa mauvaise humeur, sa pollution, ses cris, sa brutalité, ses ennuis, ses rires… Sa beauté, aussi.

Le monde n'avait pas changé. Moi, si. Au milieu de ce monde-là, de sa normalité. Dans ce monde-là, immobile, qui continuait de tourner, de se mouvoir, d'avancer, j'étais relâchée. J'incarnais l'élément perturbateur, la dissonance visuelle, existentielle. J'étais stridente.

Chez mes parents, mentalement, j'avais essayé de me préparer au regard des autres, à ne pas le ressentir comme une insulte. Ou une honte. Je m'étais entraînée avec ma propre famille. J'avais fait quelques pas, accompagnée par ma mère, dans une boulangerie, à la pharmacie. Il fallait trouver de nouvelles parades. C'est normal, me disais-je, cela va prendre du temps, il faut que les gens comprennent, il faut que les gens acceptent. Je ne pouvais pas leur en vouloir, aux enfants qui grimaçaient sous mon œil, à leurs parents qui, furtivement, leur demandaient de se taire, au recul des passants. C'était normal… J'aurais fait la même chose. Ce subtil, parfois brutal, mouvement de tête, cet effacement de l'être qui dérange, ou bien cette stupeur qui vous fige bouche ouverte quand elle vous gagne.

J'apprenais à désamorcer les situations compliquées, à calmer les battements de mon cœur lorsque je sentais non pas un, mais dix, vingt, cent regards sur ma peau, sur ma figure.

Des poignards encore.

Refaire sa vie à Caen.

« Tu nous quittes déjà, s'était émue ma mère.

— Oui, maman, je ne peux pas rester ici tout le temps, ça me rappelle l'hôpital, il faut que je vive. »

Tout reprendre à zéro.

Caen n'est pas une ville charmante, c'était parfait pour moi.

Au départ, dans la résidence, dans les taxis que j'empruntais, dans les files d'attente, l'atmosphère était douloureuse. On me regardait comme une morte, comme un monstre. Toujours comme autre chose. Certains souriaient avec peine ou pitié, l'air désolé, d'autres baissaient les yeux. J'entendais les chuchotements, les susurrements, des voix nouées, parfois imaginaires, parfois dans ma tête. J'entendais les : « Regarde, tu as vu ? Là, à droite, regarde son visage. » Au moins, j'existais. Je me rappelle cette vendeuse de gâteaux, un peu bonhomme, qui ne put s'empêcher de pousser un grand « OUF » lorsque je me retrouvai à sa caisse. J'étais figée. Au bout d'un court moment, elle déclara :

« C'est sûr que ça surprend... Mais les gens vont s'y faire. Je vous offre la part de flan ! »

On m'insulta plusieurs fois dans la rue. Comme avant. Après avoir été trop bonne, j'étais maintenant trop laide.

Je pensais être suffisamment forte, mais pas tant que cela. En rentrant chez moi, je m'écroulais sur le lit pour pleurer. Les larmes coulaient sur mes cicatrices. Ma peau guérissait, mais moi, au fond, je ne guérissais pas.

Je devais m'endurcir.

Les regards me faisaient penser à des mouches, à ces insectes qui ne vous laissent jamais tranquilles : dès que je pénétrais un champ de vision, les yeux me sautaient dessus. Sur moi, pas sur moi, sur moi, pas sur moi, puis encore sur moi, puis ailleurs, puis retour sur moi. Plan serré. Zoom.

Au fur et à mesure que je prenais confiance, je me plaisais à croiser les yeux.

À tenir le regard. Comme lors d'un affrontement.

Je me disais : « Regarde, regarde-moi bien, vois, vois mes blessures, vois ce qu'on m'a fait. Allez, regarde, touche même, fais ce que tu veux.

Approche-toi, renifle.

Viens ! »

Cela marchait, les gens n'insistaient pas. Peut-être qu'ils se disaient : « C'est qui cette folle ? Comment elle ose nous regarder ? » Ou alors : « La pauvre gosse… C'est horrible. » Ils étaient piégés entre le dégoût et la culpabilité du dégoût. Pour moi, ils étaient tous coupables.

Lorsque certains, les plus curieux, à force de me voir, de me revoir, de me voir encore, posaient enfin la fameuse question, « Comment ? », je pris plaisir à inventer des histoires. Je ne voulais surtout pas les alourdir d'un récit encombrant. Les gens aiment les histoires simples.

« Comment ? » Une affaire des plus banales, presque risible.

Je racontais un accident domestique, une histoire « ridicule », « invraisemblable », librement inspirée de ce que j'avais vu et entendu au centre : « Je faisais un barbecue à La Ciotat, chez des amis, quand mes cheveux ont pris feu. Ce n'est pas la merguez qui cuisait, c'était moi ! »

Ou bien : « Par défi, j'ai escaladé un pylône électrique. Hélas, ma tête a touché le câble à haute tension. La vie se joue littéralement à un fil. Faites attention, je suis toujours électrique ! »

J'avais besoin de les faire rire pour ne pas être traitée comme cet enfant malade dont on caresse le front. Rire, afin de briser la glace simplement. J'oubliais l'acide. Presque ma peau. Mes mutilations. Les cicatrices douloureuses.

J'oublie l'acide quand leur visage se décrispe. Quand ils osent me regarder. J'oublie mes cris. Mes nuits à l'hôpital. J'oublie mes envies de mort. Mes larmes quotidiennes. J'oublie les gros titres de journaux. J'oublie la cortisone. L'antiseptique. J'oublie la cagoule de contention.

Je m'oublie dans le regard de l'autre. Je me déverse en lui. Je me baigne dans son sourire. Je glisse sur ses pommettes, me réfugie dans le creux des fossettes.

J'apprivoise le visage.

Je me répare.

Je développais une technique personnelle de camouflage.

Beaucoup de maquillage, des tonnes de maquillage : je préférais être trop maquillée plutôt que de provoquer l'effroi.

Je provoquais l'effroi, mais un effroi diminué, un choc, une sorte de suspension de l'air et de l'attention, mon visage figeait, mais avec moins de violence, avec une plus faible violence. Cette couche cosmétique me permettait de diminuer l'horreur, de l'adoucir.

Et puis, je m'étais procuré une panoplie de foulards, j'en avais fait toute une collection. Des foulards en soie, des Hermès, achetés d'occasion. Je me sentais femme avec eux, je me sentais féminine, en tout cas élégante. Enserrant ma tête, ils cachaient mes joues brûlées, ma perte de cheveux et mon cou.

C'était pratique.

Je vivais en faisant diversion. En mettant en œuvre des stratégies esthétiques.

Je ressentais progressivement une pudeur nouvelle. Ma laideur, sans doute parce qu'elle était exposée, parce qu'elle était davantage remarquable qu'un visage quelconque, parce que j'étais certaine que l'on me regarderait, où que j'aille, me rendait pudique.

Une pudeur qui courait le long de mon corps, de mes bras, une pudeur qui me faisait rougir.

J'étais nue dehors, derrière mon masque, nue.

Comme si ce faux visage, cette figure qui n'en était pas une, me révélait davantage.

Je marchais la tête basse et, le plus souvent, restais chez moi.

Mon appartement, en périphérie de la ville, était parfaitement aménagé. Ma mère s'était occupée de tout. Mon père avait aidé pour l'installation. Seule, chez moi, avec mon frigo à glaçons, ma chaîne hi-fi, ma grande télévision écran plat, mon petit canapé rouge, mes quelques fauteuils, mes quelques tapis et quelques souvenirs d'avant.

Au cinquième étage, par la fenêtre je regardais le monde, et le monde ne me regardait plus.

Tant mieux.

J'étais à l'abri.

Pendant quelques mois, je vécus en ermite, recluse comme une bête. Les technologies modernes offrent cette possibilité-là : on peut cesser de vivre au-dehors, on peut vivre sans trop d'effort, on peut même presque cesser de vivre tout court. Se plaire à n'être plus rien, plus regardée, plus demandée, plus interpellée. Fermer la porte à double tour, jeter la clé – adieu le monde.

Je ne pouvais vivre autrement, ma vie se jouait à mi-temps. Dehors, je m'autorisais quelques promenades, dans le parc d'à côté. Le reste se ferait en taxi. J'évitais les marches trop longues.

N'allez pas croire que je me contentais de cette vie réduite. Que j'acceptais mon sort. Loin de là ! Mais je restais lucide. J'étais sortie de l'hôpital et, arrivée à cette grande fête où l'on ne m'attendait plus, je retrouvais petit à petit mes habitudes, mes amis, je retrouvais la musique que j'écoutais à fond, me fichant du tapage nocturne, je retrouvais l'ivresse solitaire, la gourmandise, les bulles du Coca-Cola.

« Prendre son temps », avait répété Noguez.

J'étais arrivée à cette grande fête avec beaucoup de retard. Comme cet invité qui est parti vomir, qui s'est perdue en chemin et qui revient hagard. Mes amis ? Il leur fallait du temps à eux aussi. Je comprenais leur silence. Ils se trouvaient de l'autre côté des portes, ils avaient continué à vivre. Heureux que je m'en sois sortie, que je m'en sorte. « Et puis Caen, c'est loin, mais je viendrai ! C'est promis, dès que j'ai un peu de temps, je viens. On se tient au courant ! Surtout, tiens-moi au courant. » Oui, oui, oui… *Ciao !*

De toute façon, j'étais mieux seule. Passée de l'autre côté, observant depuis la rue d'en face les corps dansants, je me disais tant mieux, tant pis, mais tant mieux ! Toutes ces robes à cocktail échancrées, rembourrées, absurdes, tous ces sourires figés, égoïstes, concentrés, toutes ces politesses ouatées, caressées, brossées pour obtenir l'approbation des pairs, toutes ces douleurs aux chevilles, aux pieds, aux orteils, ces ampoules grossières, mal soignées pour être plus grande, plus élancée, pour plaire et rivaliser, toutes ces coutures, toutes ces mesures, toutes ces dents blanchies, limées, tous ces visages flashés, maquillés-recadrés, tous ces selfies entre connasses, toutes ces photos prises par des connards, tous ces verres levés dans des ambiances tamisées, technoïsées, david-guettaïsées, pour louer le grand rien, le grand vide des grandes idées, toutes ces indignations branchées, tous ces grands lutteurs du n'importe quoi, du n'importe quand, du toujours et du maintenant et de l'éternité, tous ces engagements de poussières, toutes ces Palestine pleurées, toutes ces paroles baveuses, toutes ces haleines aigres mélangées au champagne et à la clope, tous ces faux-bons-sentiments, toutes ces niaiseries, toutes ces complicités de carton, tous ces ragots, ces raconteurs, tous ces racontages, toute la bassesse de tous les cœurs, toutes les envies, noyées, camouflées, libérées, tous ces faussement vivants, tous ces faussement bien-portants, tous ces malades, tous ces déprimés, tous ces xanaxisés… Je vomissais la fête à laquelle je n'étais plus invitée.

Ah oui ! On aurait préféré me pleurer. Me pleurer une bonne fois pour toutes. Comme à l'hôpital. Ne garder de moi qu'un souvenir ému, le sentiment d'injustice, et lever son verre à ma mémoire !

« C'était vraiment une fille formidable. Un cœur ! Un esprit ! Une joie ! Une femme pas comme les autres, ce qui lui est arrivé, c'est dégueulasse, insupportable, et ça nous confirme que nous devons lutter pour mettre fin… »

Peu importait ce monde, je l'enterrais.

Je comprenais les règles, règles auxquelles j'avais, jadis, consenti. Je ne pouvais pas faire semblant, m'offusquer, faire la tragédienne et créer le scandale en gigotant dans la fête, en cassant tout. Devenir exactement ce qu'ils veulent que je sois : une indésirable. Pas encore prête. Trop fragile. Trop traumatisée. Trop victime. Toujours trop quelque chose.

Avoir l'air d'une folle.

M'enfermer était la seule solution viable.

J'étais comme cette araignée, isolée, qui tissait sa toile.

J'avais besoin d'une toile, moi aussi, de tisser autour de moi des membranes, de posséder concrètement mon existence nouvelle de fille détruite. Avoir le contrôle sur mon monde. D'une main, mon appartement, d'une main, ma vie technologique.

D'une main seule.

C'était un peu comme prolonger le séjour à l'hôpital, ce lieu blanc où j'étais à l'abri, ce lieu qui n'était pas vraiment un lieu, qui était davantage un contre-lieu, un lieu d'inexistence, où tout était commandé, organisé, où tout se déroulait à partir d'un temps médical où mon existence pouvait, tranquillement, s'accomplir.

C'était mieux que mourir.

Internet me sauvait la vie.

J'arpentais les sites spécialisés, les forums, à la recherche de personnes comme moi. Il suffisait de commenter le bon post, ou bien de publier une annonce. Comment trouver les mots ? Je m'y repris à plusieurs fois. Dans ma cuisine, je tapais sur mon clavier une série de phrases, des semblants de phrases, que j'effaçais rapidement. C'était plus simple avant, sur les applications de rencontres. J'essayai tout de même : « Bonjour, brûlée au troisième degré, à plus de 17 %. » Non, trop précis. C'est pas une compétition. « Bonjour, brûlée au visage il y a bientôt deux ans, j'ai été greffée d'un nouveau visage et je voudrais... » C'est nul ! Tu vas leur faire peur avec ton visage fantôme. « Bonjour ! Bonsoir ! » Non, moins enthousiaste, on dirait une vieille folle. « Mesdames, messieurs... » C'est pas un spectacle non plus. « Bonjour à vous », voilà, simple, « brûlée au troisième degré, je cherche à bâtir une vie nouvelle ». Ben voyons, « bâtir », tu n'utilises jamais ce mot, avec personne. « Bonjour, brûlée au troisième degré, je reconstruis ma vie peu à peu. J'aimerais rencontrer des personnes se trouvant dans la même situation pour partager nos expériences et se soutenir. »

Quelques heures plus tard, on m'avait déjà répondu. Un commentaire, deux commentaires, trois commentaires... Et avec un naturel déconcertant, la conversation s'engagea. Je fus ajoutée à différents groupes virtuels, sur Discord, sur WhatsApp. Je faisais partie d'un nouveau club. Je me liai d'amitié avec Linéa_K (19 %), Ch37008 (21 %), Gauvl (26 %), Paultille (38 %), Marimour (43 %), HT48 (52 %). Certains restaient masqués derrière leur étrange avatar et leur pseudonyme, d'autres me révélaient leur prénom, leur âge, leur localisation. En ligne, nous formions une communauté soudée. Nous apprenions, sous les conseils des plus expérimentés, à calmer nos angoisses. Nous parlions de crèmes hydratantes, de pommades, de tissu de granulation, de cicatrice hypertrophique, de rétraction, de fibrose... Autant de mots qui nous étaient réservés. Nous échangions nos conseils de beauté, ou plutôt de camouflage : quel foulard, quel fond de teint, quelle poudre ? Nous avions nos astuces, chacun la sienne. Quand j'allais bien, je jouais les psys. Surtout avec Linéa_K (19 %). Quand j'allais mal, on écoutait mes plaintes, on écoutait mes pleurs et, quoique cela restât virtuel, j'avais presque l'impression de sentir une dizaine de petites mains me caresser le dos. Nous formions un monde de pansements, de masques, de greffes, de peaux, de cicatrices, de dépression, d'antidouleurs, d'angoisses, de traumatismes, mais aussi de rires. Nous nous moquions ensemble des autres, de la foule, des beaux visages.

Une seule règle : ne pas sortir ensemble.

À vrai dire, l'envie nous démangeait autant que nos cicatrices. Mais de quoi aurions-nous eu l'air ? Un cortège de monstres, une bande de difformes. Des grotesques tout droit sortis d'un film de Romero. Ce serait morbide. Un seul comme nous, dans la rue, était déjà bien suffisant. Le nombre fait la force, oui, mais nous ne voulions pas vraiment entrer dans un rapport de force dont on savait, pertinemment, que l'on sortirait perdants. On ne pouvait pas imposer notre laideur, on ne pouvait pas accroître ou multiplier notre laideur.

Et puis, avais-je souligné en riant, si l'un d'eux était plus beau que moi, je risquerais d'être jalouse. Tous avaient répondu : *lol, mdr, xD.*

Marimour (43 %) s'était réfugié dans la lecture. Ce fut lui qui m'orienta littérairement dans cette nouvelle existence. Je lui avais expliqué qu'à cause de mon père, de ses idées, des colères qui germaient de ses idées, et donc des livres, j'avais fui, autant que possible, la pensée. Pour moi, les livres, c'était la haine. Beaucoup de soucis pour rien. Marimour (43 %) s'en agaçait, disait que j'étais naïve – je compris : conne. Lui, pensait au contraire que l'inessentiel se trouvait tout autour du papier, en dehors des lettres, des mots, des phrases, des paragraphes. Il disait que c'étaient des ruches d'abeilles, des dédales de pièces offerts aux vivants, des voies empruntables, rien qu'à nous.

Bien sûr, ajoutait-il, il faut se méfier des idées. Éviter qu'elles se figent, qu'elles deviennent rigides, dans le cœur comme dans la tête. Et pour cela : il faut lire. Je commandai tout. Je rattrapai grâce à lui le temps perdu. Les classiques, les moins classiques, les journaux intimes, les romans et la poésie. Allongée sur mon lit, j'avais l'impression d'être transportée dans d'autres mondes, d'autres univers. Les mots faisaient écho. Mes yeux, je dis bien « mes yeux », s'ouvraient. J'oubliais tout le reste. L'univers me sembla tout à coup profond.

Autrement, ma vie se concentrait sur le maquillage. Là encore, les conseils étaient utiles. Pas ceux de Cristina, mais d'une armée chevronnée de brûlés. Leur savoir-faire était impressionnant. Des tonnes de maquillage, j'en recevais chaque jour, essayant tel nouveau produit, telle nouvelle couleur, cherchant à trouver le produit parfait pour chacune des pigmentations visibles sur mon visage. Mon compromis : l'étrangeté.

L'allocation que versait l'État soutenait directement mon shopping thérapeutique. Et quand il en fallait plus, j'appelais ma mère. On ne pouvait rien me refuser. J'aimais être gâtée.

C'était pratique et élégant.

Je vivais dans le monde en faisant diversion.

Tout peut se commander à distance.

En un clic, je répondais à mes besoins primordiaux, à toutes mes envies.

Avais-je faim ? Je me faisais livrer. Voulais-je lire ? J'avais accès aux plus grandes bibliothèques numériques.

On me proposa de reprendre, partiellement, le travail que j'avais laissé.

« Nous avons besoin de vous, Camille ! » Tout à distance. Je pouvais ainsi exécuter mes missions et mes tâches quotidiennes depuis la cuisine, le salon et même la salle de bains. Sans effort, sans avoir à me montrer. La direction, aussi généreuse et empathique fût-elle, s'accommodait bien de la situation. Je ne pouvais pas leur en vouloir, ils avaient accepté de me reprendre ! Pourtant, j'étais restée longtemps, très longtemps, hors service. Ils m'avaient soutenue, à leur manière, du temps de l'hôpital. Quelques fleurs. Des cartes, des mots gentils. Une entreprise vraiment humaine. J'avais presque envie d'y croire.

La question avait dû se poser quand même, on avait dû en parler lors d'un conseil d'administration. Forcément, au milieu d'une réunion, entre deux dossiers urgents, mon nom avait dû refaire surface. Plusieurs fois même. Je les imaginais, dans leurs costumes, dans leurs tailleurs, dans leurs bonnes manières. Gênés, eux aussi.

« Et alors ? Avec cette pauvre jeune fille ? Bon, parce que ça commence à coûter cette affaire. L'hôpital, le visage, on comprend bien… C'est malheureux, mais quand même ! » Silence dans la salle. Silence de lâches. « On ne va pas la virer, *bien sûr*, on n'est pas comme ça, nous… Chez Tsëhora, on n'abandonne pas nos salariés ! Pour l'argent, on verra bien… On peut toujours la reprendre plus tard… Oui, faisons cela ! Attendons un peu… Et puis reprenons-la. On verra si les choses se passent toujours bien. C'est gagnant-gagnant pour nous. Pensez un peu à ce que diront les gens… On fera une tribune dans *Libé.* »

Ils avaient dû évaluer les coûts. Me garder, me remplacer. Avec des tableurs, des équations sophistiquées. Avant de convenir, finalement, au milieu de l'après-midi, que je pourrais rester, que le soutien de l'entreprise à ma petite condition servirait l'image de la boîte.

C'était une entité morale.

J'étais le prix à payer de leur intégrité apparente, de leur promesse d'écoresponsabilité.

Mais je me doutais également que, lors de cette réunion, lors de ce conseil d'administration, on avait dû se dire que me laisser reprendre ma place, mon bureau, occuper mon espace, mes espaces, animer des réunions, rencontrer des clients, me faire aller et venir dans les couloirs, tout cela, non, quand même… ce serait difficile.

On imaginait mal les pauses-café, les *lunchs* et les *afterworks* en ma présence. Une tache dans l'*open-space.*

L'ambiance dans l'entreprise était *cool*, *friendly*, elle était respectueuse de ses employés, mais il existait certaines limites qu'on ne pouvait pas outrepasser, contre lesquelles on ne pouvait pas lutter. Des limites pour ainsi dire universelles. Des règles de bienséance à respecter. Tout ce monde fonctionnait selon une harmonie, une harmonie que l'on avait mis du temps à construire, que des heures et des heures de réunion, de séminaires, avaient permis. Cette harmonie était fragile.

Ma nouvelle figure allait bien au-delà de leurs limites.

Et puis cela aurait été difficile, pour moi aussi. Rencontrer un client. Échanger sur des dossiers. Préparer une réunion, présenter un nouveau contrat, négocier, déjeuner, dîner, prendre un café, converser… La plus banale des missions se transformerait en épreuve pour moi, comme pour les autres.

Au travail ou ailleurs, je ne pouvais plus me présenter sans un discours sur moi-même, le discours m'excusant d'avance d'être moi, disant comment j'étais devenue ce que j'étais maintenant. Défigurée, comme les œuvres exposées dans les musées, je devais être accompagnée sans cesse d'une légende. Il eût fallu un sous-titrage pour me faciliter la vie : « Camille a été victime d'une agression à l'acide. » Les gens auraient compris, peut-être.

Ça les aurait calmés.

En attendant, je travaillais en tapotant calmement sur le clavier de mon ordinateur.

J'hydratais mon visage avant d'appeler un client, de préparer un PowerPoint, de penser à quelques slogans efficaces pour vendre des produits inutiles.

J'étais à moitié réintroduite dans la nature humaine.

Je commandai un jour un grand miroir mural. Je l'installai dans le salon, face au canapé.

Avant, j'étais belle, je veux dire : objectivement belle. Je peux le dire sans paraître arrogante maintenant. Avant, j'étais vraiment belle. Mais je m'étais fuie. J'avais été dure avec mon visage, traquant le moindre défaut. Le moindre point noir. Le moindre bouton. Le moindre début de ride… Tu parles de ride ! me disais-je. Mon visage était beau, symétrique, bien constitué… Et pourtant… Quel gâchis ! J'aurais dû bénir ce visage.

Mon corps n'avait pas reçu un traitement plus favorable. Je n'aimais pas mes seins : trop plats, fermes certes, mais si peu expressifs. Je ne savais pas quoi en faire, ils étaient tout juste bons à me décorer. J'avais un corps sans envie, et même s'il donnait envie aux autres, moi il me donnait surtout envie de tout changer. Je le trouvais trop mou, trop grassouillet, trop adipeux. Cela dépendait des jours. Des périodes. De la luminosité… Je voulais un cul caramel *made in* Instagram. Un cul de rêve. Le cul de perfection. Et puis les seins qui vont avec. J'avais même envisagé une opération, avant, bien avant, lorsque j'étais adolescente. Mais cela coûtait trop cher… Quel gâchis… Quelle odieuse femme j'avais été en faisant la fine bouche. Quand je pense que la taille de mes seins, qui n'avait d'ailleurs rien de honteuse, avait été si longtemps pour moi la source du malheur. Il me semblait être passée toute ma vie à côté de moi-même. J'avais mené une existence parallèle à ce que j'étais, refusant d'être *totalement*, de correspondre charnellement, géométriquement à mon corps.

J'avais acheté ce miroir en y pensant.

Je l'avais installé au centre de l'appartement pour m'empêcher de fuir. Cette fois, je n'y échapperais pas. Fermant l'œil, je me positionnai devant la glace. Bien droite. Toute tendue. C'était le moment. « Un peu de courage, meuf. » Tant pis pour les regrets. Tant pis pour les remords.

Je décidai de compter jusqu'à trois. Allez.

Un.

Deux.

Trois.

Mon œil s'ouvrit. Je plongeai dans mon reflet.

M'offrir à mon œil devint un rituel.

Dans le salon, j'installai des bougies afin de créer un environnement lumineux moins agressif.

Je voulais me voir, sans être trop exposée, être au centre d'une lumière qui tranche, qui découpe, opère ses propres ombrages.

La luminosité faible caressait ma peau, avalait la laideur des blessures. L'ombre me sauvait.

Ensuite, délicatement, je me dénudais, je fermais l'œil et me plantais devant le miroir.

Dans ma tête, mon corps me paraissait être une sorte de carte, une de ces grandes cartes que l'on colle au mur des classes d'école, une carte avec ses territoires, ses continents, ses tracés, ses frontières. Outre mes courbes, outre mes formes, qui créaient le relief, il y avait ces couleurs, cette constellation de couleurs isolant de nouveaux continents. Ces parcelles, ces labours, ces lopins de terre. On aurait dit la Beauce. J'étais toute une topologie de carnations.

J'étais devenue un monde à part.

Un. Deux.

Deux corps se superposaient sur ma chair. Celui d'avant, avec son temps d'avant, avec son vieillissement qui se poursuivait dans le présent, avec sa pilosité timide, ses duvets blonds, ses vergetures sur le bas des fesses, avec son innocence, et puis le temps d'après, celui de la peau striée, gonflée, tiraillée, avec sa gravité, qui avait opéré dans le temps d'avant une rupture, qui s'était superposé au temps d'avant pour en modifier le cours, qui poussait, poussait avec et au travers du temps d'avant.

Trois. J'ouvrais l'œil.

J'avais passé des mois à me morfondre, lymphatique, vidée, épuisée, notamment à cause des traitements – morphine, antidépresseurs, immunosuppresseurs pour la greffe et la vie ensuite –, j'avais passé des mois en plein désert. Malgré quelques frissons, malgré quelques rêves qui m'avaient prise au hasard, dans ma chambre ou ailleurs, je n'avais plus vraiment d'envie, plus l'ombre d'un désir courant sur le fil de ma peau. Pas même le début, l'once, le souffle du moindre micro-désir. J'avais enterré mes besoins de caresses, de peau à peau, et je pensais pouvoir m'y faire pour le reste des jours et des nuits. Appliquer la rigoureuse méthode d'un rigoureux stoïcisme. Au grand feu les grands moyens.

Mon sexe était devenu un sexe. Il n'était plus pour moi qu'un outil, qu'une fonction physiologique.

J'oubliai jusqu'à mes aventures passées et leurs changeantes saveurs.

J'étais éteinte, aussi pauvrement desséchée qu'une rose des sables. Ma grande rivière… Moi qui la pensais inépuisable…

Là encore, les choses changèrent progressivement. La rivière retrouvait son lit d'origine.

Nous en avions un peu parlé entre brûlés. C'est un sujet sensible, comme chez les normaux. La plupart restent pudiques, n'aimant ni se souvenir, ni se rappeler du manque. Pour certains, c'était terminé. Pour d'autres, cependant, cela recommençait. Ceux-là en parlaient à demi-mot, au détour d'une conversation, jetaient une simple phrase, une petite expression. Paultille (38 %) était la plus explicite. Elle nous présenta un soir sa nouvelle trouvaille : un vibromasseur aux systèmes rotatifs les plus perfectionnés au monde. Plus de trente-sept modes vibratoires différents. Une petite bouche pour s'occuper du clitoris tandis que le reste tourne, vibre, fait on ne sait quoi. Elle avait ajouté : « Les filles, c'est notre délivrance. »

Je croyais devoir renoncer à mon désir.

Devant mon miroir, chaque jour, m'inspectant, je veillais à reconsidérer la question.

Face à mon reflet, m'habituant à mon apparence nouvelle, je trouvais, de manière fugace, un certain charme, une sorte de charme. J'étais étrange.

Devais-je renoncer au désir ? Était-ce bien terminé pour moi ? La vie de femme m'était-elle interdite ? Page tournée, retournée, jetée à la poubelle ? Et ce corps, et ce corps qui vit, qui respire, qui frissonne… Est-il bien mort, ce corps ?

Tandis que les bougies éclairaient mon corps, projetaient mon ombre sur le mur d'en face, je caressais ma peau, mes cicatrices douloureuses, la main légère, l'œil ouvert, baladeur. Et, en caressant la pointe de mes seins, en caressant mon cou, encore plus doucement, en caressant mes fesses, en les agrippant *bien* comme j'aimais jadis qu'on le fasse, en repassant sur ma poitrine, puis en remontant jusqu'à la nuque, et en redescendant d'un coup le long des hanches, je ressentais une excitation. C'était une pulsation, une pointe, une flèche. Cela se réveillait d'en bas, d'un coup, jetant à mes pieds un océan, toute la mer, âcre, mouvementée, tumultueuse, belle dans sa trouble violence. Je chauffais. Mon corps n'était plus habitué. Je tremblais. Et des picotements légers m'appelaient à d'autres caresses. Ma joie se mêlait au sentiment de reconquérir quelque chose en moi, de ramener l'ancienne moi à la vie.

Devant le miroir, je reconsidérais la question.

Je rentrais dans le domaine des vivants.

Entre mes cuisses quelque chose était en train de se produire, je sentais la machine repartir. Tous ces vieux rouages, ces vieux mécanismes, se remettaient à tourner. C'était grisant.

C'était comme… Comme de redevenir femme, humaine, de replonger dans l'existence après avoir été maintenue sur une rive rocailleuse. J'avais envie de ce fracas-là, de cette rupture, j'avais envie que ma béance s'approfondisse, qu'importent les cicatrices, je les trouvais belles d'un coup, là, sous la lumière des bougies, bercée par mon souffle, soulevée par les battements accélérés de mon cœur, je me trouvais belle. J'avais envie que mes cuisses s'écartent. Que mes jambes se soulèvent, qu'elles se libèrent de ces mois de souffrance, d'impuissance, d'humiliations. J'avais envie de me fondre, de me dissoudre, de me répandre dans le plaisir.

Et ma main continuait à chercher.

Et mon corps, tout mon corps, de glissement en glissement, se laissa emporter.

Sans en parler à quiconque, je passais des heures à me masturber. Entre deux pages, après avoir lu un mot, un simple mot, « Tremblement », « Cul », « Extase », « Salive ». D'un coup, l'envie me prenait et ma main, parfois mes deux mains, la nourissaient.

Des heures et des heures.

Sur mon canapé face au miroir, dans la cuisine, dans la salle de bains, sous la douche, sur mon lit, contre le mur du salon, sur la terrasse, sur la table de la cuisine, encore sur mon canapé, sur le sol, dans les toilettes, dans le couloir, dans l'ascenseur, dans un taxi par le simple frottement de mes cuisses, dans les toilettes d'un restaurant, en pleine rue. Je ne pouvais plus me passer de ces convulsions délicieuses, des crispations ressenties de mes mollets jusqu'à l'intérieur de mon corps. Et la bouche et la voix, ouverts, rompus. Plus un mot, plus un souffle. Jouir.

Je voulais me prendre partout, me faire l'amour en chaque lieu, à chaque instant – y compris lorsque je travaillais : combien de réunions avais-je passées en m'occupant ainsi ?

Je faisais confiance à ma main.

Ce corps nouveau était redevenu le mien.

Je me délivrais.

J'avais lu quelque part – ou bien on me l'avait dit – que les gens dans ma situation, après le traumatisme, cherchaient parfois à reproduire la violence du choc.

Ce n'était pas mon cas.

Je ne jouissais qu'en douceur.

Je ne sentais pas encore mon cœur battre tout à fait. Mais j'étais proche.

3

L'homme s'est approché de Camille et l'a suivie quelque temps.

Son couteau lui démange toujours le haut de la cuisse. L'égratigne. Il marche dans ses pas, croit sentir son parfum, floral et sucré, renifle l'empreinte que la femme laisse derrière elle.

Son foulard noir, soufflé par le vent, ondule autour de sa tête. On dirait une voile, celle du navire que l'on observe au loin, qui glisse sur les courants marins. Elle échappe au regard, malgré sa présence.

L'homme n'avait pas ressenti une telle excitation depuis longtemps.

Camille existe. Camille vit. Elle est là.

L'homme souhaiterait qu'elle arrête sa course au milieu des arbres, tandis qu'ils sont seuls, il aimerait qu'elle marque une pause, qu'elle se retourne lentement, qu'elle ne soit pas cette bête traquée. Un temps, il pense sortir son couteau.

Mais il ne sait pas quoi faire de cette arme. Il se sent ridicule. Aussi ridicule que l'enfant qui, pour se protéger des mauvaises nuits, dérobe le grand couteau de la cuisine et le dispose sous son lit. Au cas où.

Il pourrait aussi l'utiliser pour se trancher la gorge, d'un coup sec, disparaître dans ce semblant de rue, derrière elle, mourir en anonyme. Ce serait sans doute la chose la plus utile, la plus sensée. Enfin disparaître. Il est allé au bout, il est déjà trop loin. Au fond, l'homme sait que Camille ne dispose pas des réponses qu'il est venu chercher. Il ne veut pas lui faire peur. Une profonde tristesse s'empare de lui, sous le soleil, au milieu de rien, la fatigue dans ses muscles se répand, les jambes lourdes, le cœur serré, la bouche ouverte. Il a envie de pleurer, de se jeter sur le sol, de se rouler par terre.

Soudain, Camille se retourne. On dirait qu'elle a senti quelque chose, derrière elle. Immobile, elle se méfie, ils ne sont que deux, c'est dimanche. Elle se retourne progressivement, centimètre par centimètre, scrute l'horizon. Et son œil, ouvert, rougeoyant, se plante sur lui.

L'œil est figé. Camille observe, balaie l'homme de haut en bas. Pas un seul mot ne parvient à s'échapper de leur bouche. Le silence du monde remplit la distance. L'homme voudrait faire un pas de plus, mais il a peur qu'elle s'enfuie, il a peur du mouvement de trop. Il reste stupéfait, son cœur cogne jusqu'au vertige. II la regarde et se noie dans l'abîme de cet œil, de cette bouche sombre, masquée, maquillée, qui fait office de figure. Camille grimace. L'homme ne baisse pas les yeux, il veut voir, il veut voir encore. Il veut aller au-delà.

Une succession d'images assaille l'homme. Il s'imagine sauter sur Camille, sortir l'arme, enfoncer l'acier dans son ventre, écouter ses cris, lui parler pendant qu'elle meurt. Il voudrait la forcer à écouter, il voudrait recueillir ses dernières paroles, puis soulever le masque, tandis qu'elle repose, inconsciente, fouiller dans sa chair, fouiller partout, remuer les organes, retrouver ce qu'il a vu, la première fois, dans cette vidéo. Il voudrait revivre ce moment. Son esprit marche à rebours, inverse les éléments. Ce devrait être lui, et non Camille.

Oui, elle se jetterait sur lui, attraperait son couteau, l'enfoncerait, le planterait.

Il faudrait que ce soit lui.

Elle suit toujours le même itinéraire.

Ses promenades se déroulent entre un point A et un point B.

L'homme croise et observe Camille au même endroit. Cela ne dure que quelques instants, lorsqu'elle ose enfin traîner son corps jusqu'à l'épicerie, en bas du lotissement, parfois jusqu'à la boulangerie la plus proche. Plus régulièrement, ce sont des livreurs qui viennent lui apporter son repas, ses courses, peut-être aussi de quoi s'habiller, de quoi lire. Depuis sa butte, l'homme observe les allées et venues, la ronde des livreurs, ceux du matin, du midi et du soir. Personne ne lui rend visite. Camille, se dit-il, s'est enfermée dans sa tour de feu et ne souhaite plus en sortir.

Le jour dernier, l'homme l'a accompagnée comme une ombre jusqu'à la boulangerie. Il était derrière elle, il voulait entendre sa voix, apprécier les sons, l'intonation, les vibrations. Elle a fait exprès, pense-t-il encore, de ne pas le remarquer. Aucun regard, pas un mot. Sent-elle son odeur ? Dans la file d'attente, il n'a pas résisté à l'envie de toucher le tissu de ce grand manteau beige qui lui tombe jusqu'aux chevilles et l'enveloppe. Du bout des doigts, il a caressé. Il a vécu la séparation des corps comme une déchirure.

On dirait que Camille vit dans un autre monde.

Elle doit bien le voir, peut-être même qu'elle sait, qu'elle comprend, qu'il est là pour elle, qu'il a fait le déplacement pour la voir, ou la revoir, qu'il l'observe partout. Peut-être qu'elle le met au défi. Peut-être qu'elle souhaite juste qu'il la laisse. Regagnant sa chambre d'hôtel, le soir, l'homme dresse mille hypothèses. Il voudrait attendre, il est prêt à attendre toute sa vie. Et en même temps…

Il veut lui parler.

Il a même imaginé de se faire passer pour un livreur.

Camille vit dans un autre monde, cet autre monde qu'il connaît bien.

L'homme pourrait lui écrire. L'envie de lui écrire grandit. Elle s'installe dans son esprit, gagne en évidence. Un long message… Tout lui dire ! Mais il ne sait pas écrire, il écrit si mal, les mots ne lui viennent pas, les mots ne lui viennent plus, il a perdu l'habitude.

On ne parlait pas chez lui, ou si peu. Son langage est fait de silence. C'est une algue.

Alors il continue d'attendre, le *bon moment* viendra.

Avec l'argent qu'il lui reste, il peut tenir encore une dizaine de jours.

Le temps ne presse pas, presque pas.

L'homme s'endort.

2

Je commençais à me sentir mieux.

J'avais repris le contrôle de mon corps et, malgré les soins quotidiens, malgré le suivi médical, je pensais moins à mon visage. J'étais entrée dans un groupe de lecture, nous partagions nos trouvailles, certains postaient une page ou deux, les autres commentaient. Une liste infinie de textes se déroulait sous mes yeux, de quoi occuper toute une vie. Je m'étais mise à écrire pour explorer mes souvenirs, pour raconter mes désirs. J'apprenais à combattre autrement, à faire l'amour autrement, avec des personnages qui n'existeraient que sur le blanc virtuel de mon écran d'ordinateur. J'écrivais et je relisais, parfois avec honte, me retenant d'approfondir certaines situations incongrues. Quelque chose en moi demandait à être libéré, alors j'insistais, j'allais plus loin. Mon imagination se déverrouilla progressivement. Je faisais renaître la vie sexuelle de mes parents. Je plongeais le centre des grands brûlés dans une atmosphère de club libertin.

Toutes les personnes que je croisais, les livreurs, les facteurs, les vendeurs, les boulangers, les infirmiers, les assistantes de vie, les kinés, certains collègues, des amis, la famille, des clients, tous y passaient. Tous se couchaient sur ma feuille. Je les mettais tous à nu. J'imaginais les corps, j'imaginais la texture, la saveur de leur peau. Les mots servaient de lampe, de gomme, de matrice et de sas spatio-temporel, pour créer, modifier, tordre la réalité, faire sourdre cette autre réalité qui m'était restée invisible. Je baisais avec tous. Un, deux, trois, quatre partenaires, parfois plus. Je pouvais presque sentir dans ma bouche le goût de leur chair. Les entendre. J'imaginais Laurent, ce chauffeur de taxi peu cordial, la bouche ouverte sur la banquette arrière. Moi assise, plantée sur son visage. Je m'inventais d'autres vies. J'étais cette femme d'avant, arrivée vivante un jeudi soir pour un verre comme les autres. Ma vie se poursuivait dans les textes, avec ou sans blessures. J'étais cette femme vivante qui continuait de grandir. Je m'imaginais présidente, dictatrice ou impératrice, avec sous mes yeux un royaume, le plus grand empire que la terre eût jamais connu, faisant régner des lois volontairement absurdes, les plus absurdes possibles – enfin, presque. L'unicité du visage est interdite. Chaque visage est interchangeable. Tout visage peut gratuitement s'échanger. L'identité n'existe plus, elle est renommée « mouvement ». Tout processus d'*identitarisation* est passible d'emprisonnement. Les sexes sont abolis. Tout individu doit avoir au moins trois genres. L'assignation sexuelle durable est aussi passible d'emprisonnement. Ou, dans un autre esprit : dès la naissance, les hommes doivent faire l'objet d'une amputation des bras et des jambes. Ils n'ont ensuite le droit de parler qu'une seule fois par mois. S'ils ont un besoin urgent, ils devront remplir un formulaire officiel, motiver leur demande, et un conseil de sages étudiera leur dossier dans des délais très longs. Tout contrevenant s'expose à être décapité. Ils n'ont pas de travail et servent uniquement aux besoins de reproduction de l'espèce, disposés sur leur lit, dans un dortoir collectif, dans des vitrines, dans une cage. Il est possible de choisir l'homme désiré afin de procéder à sa location le temps d'une procréation rapide. L'homme doit être rendu dans son état d'origine, une fois la saillie effectuée.

Tout peut s'écrire. C'est un art de la diversion.

Je raturais mes pages, recommençais.

J'imaginais un monde où les hommes étaient, à la naissance, défigurés. Ainsi que l'on pratique le baptême, on attraperait le corps dur, rondelet, taché de sang, du nourrisson de sexe masculin pour le déposer sur une table en inox, non loin de la mère, ouverte, épuisée – rendormie. Délicatement, méticuleusement, avec une certaine dextérité médicale, on déposerait l'acide sur le bord des joues, au coin des yeux, comme sur une toile. On s'appliquerait à détruire, à effacer d'avance, tout ce qui serait susceptible de germer sur cette chair rosée, pouponne, criarde, et dont le seul signe distinctif demeurerait, après l'opération, cet étrange appendice de peau, de muscles, qui pend. Par un accord universel, aucun pays, aucun peuple sur la terre, aucune peuplade, pas même les tribus, ne laisserait aux hommes, aux hommes de sexe masculin, la possibilité d'être autre chose qu'une masse informe, comparable, catégorisable, uniquement selon les gabarits, selon les complexions, les carnations ou les odeurs. Et nous serions les seules, dans ce monde femelle, à disposer du privilège d'être reconnaissables. D'avoir un soi. Et nous serions *guérillères* contre les quelques résistants, contre les quelques soustraits, établis en meute, clandestinement dans les bas-fonds de certaines métropoles européennes ou asiatiques; et nous les pourchasserions, ces hommes à visage, ces hommes voleurs, menteurs, pilleurs – jusqu'à les retrouver et faire table rase de leur peau déjà mûre. Je rêve souvent de ce monde inversé, dont la possibilité m'apparaît uniquement couchée sur le papier, dans l'écho d'une encre séchée, dans les histoires que je me raconte, devant le miroir, avant de sortir, sous la douche, au milieu d'une nuit.

Que peut bien ressentir un homme sans visage ?

C'est une question qui m'obsède. On défigure les femmes, jamais les hommes. Jadis, on punissait homme et femme d'une même blessure. L'amant était puni avec la même fermeté que la femme débauchée. Bruits de marteau. « Silence dans la salle ! On demande le silence ! Le tribunal, du haut de sa très haute instance, s'est réuni en ce jour de grâce et exige, unanimement, en respect des lois, des codes, des procédures et de dieux, la castration pour l'homme, le nez coupé pour la femme. » C'est sans appel. Culpabilité partagée.

Étrangement, ces mutilations punitives, utilisées il y a quelques siècles pour remplacer la mise à mort, moins efficace, moins spectaculaire, peut-être contreproductives (un paysan démembré aura du mal à pousser sa charrue), ont progressivement été réservées aux femmes. Non pas tout le corps de la femme, mais son visage. En particulier en matière de mœurs. Punir la sexualité par la destruction du visage. Non pas la destruction complète, non pas la défiguration totale : mais le prélèvement, la dissection; une sorte de chirurgie inversée, non pas la chirurgie réparatrice, celle des lèvres repulpées, celle des cernes vasculaires évidés, mais la chirurgie dévastatrice. La chose était facile, car c'est toujours la main de l'homme qui tient l'objet tranchant. Un homme baise, un homme s'en plaint, un homme juge, un homme prononce la sentence et un dernier l'exécute. Contrôle et punition d'une sexualité féminine toujours déviante. Encore des cerveaux d'hommes, qui, du haut de leur très haut savoir, de leurs super fines connaissances, de leur immense, éternellement supérieure, connaissance de Tout – de l'anatomie et des lois intérieures –, ont écrit tant de lignes sur le sujet sexuel. Il faut guérir les femmes malades. Sans doute parce qu'ils avaient la trouille. On défigure les femmes, on en burqaïse certaines, mais pas les hommes : normal. Sacrifier notre visage à votre désir : normal. En lambeaux ou en cage. Le visage des femmes est l'instrument primordial de la tentation. C'est connu. Pensez-y, rien ne commence uniquement par une paire de seins, par deux bonnes fesses, que vous jugez trop grosses, trop petites, trop tombantes, trop bombées, trop cellulitées, pas assez garnies, pas assez Kim-K, ou bien beaucoup trop bonnes ! Tout commence par un visage et s'achève à son terme. Le visage est ce voile, ambigu, dont la tranquillité est toujours susceptible de basculer vers autre chose. Tout commence par ce visage, ce maudit visage, c'est ce visage qui habille, qui s'habille, semble-t-il, d'une débauche contaminante, agressive – contre laquelle on ne peut rien que se laisser corrompre. (J'ouvre une petite parenthèse : même chose, aujourd'hui, avec les tenues prétendument trop « putes », les jupes trop courtes qui justifient le troussage, qui justifient les circonstances atténuantes, je les entends encore ces commentaires depuis ma petite tête, qui justifient qu'on l'a bien cherché, au fond du fond.) Alors, que fait-on ? Comme avec les rats, les sauterelles ou les armées de libération : on attaque la racine, on détruit la source. On brûle, on rase, on supprime – on mutile. Et me voici au bout du bout de cette grande chaîne punitive. J'ai beaucoup de compassion pour les gueules cassées, horde de visages baveux, cubistes, déstructurés, qui ont été les premiers à regarder de biais, ou droit dans les yeux, le XXe siècle. J'ai lu qu'au front, entre deux combats, tandis que la terre était encore fumante, crevée par des nuées d'obus, les infirmiers choisissaient ceux qu'ils sauveraient, tenteraient de sauver, en fonction de leurs blessures. Au grand loto des estropiés, mieux valait alors ne pas tomber sur un arrachement de la mâchoire ou un déchirement du crâne... Les gueules cassées, jugées irrécupérables, étaient choisies en dernier. On préférait qu'elles crèvent – que pouvaient faire les médecins face aux béances rougeâtres, sanguinolentes, aux têtes ouvertes comme des fleurs ? Ils n'étaient pas complètement cons, eux, ils savaient que ces blessures seraient inexpiables. On peut perdre un bras, une jambe, et même sa motricité, ça donne, au mieux, une certaine profondeur, une certaine originalité, mais on ne doit JAMAIS perdre sa gueule. Tout sauf sa gueule. Beaucoup se sont tués à l'hôpital, à cause de la réaction des familles, des enfants. J'ai de la compassion pour ces hommes. Mais leur défiguration n'est qu'un accident, c'est du fer, de l'acier dans la chair – au mauvais endroit. Eux servaient une guerre internationalement nommée – je suis victime d'une guerre sans nom. Et suis certaine, quasiment certaine, qu'un mâle sans visage vivrait bien mieux que moi. Car un mâle sans visage, ça reste toujours un homme, alors qu'une femme sans visage, ce n'est plus rien.

On utilise l'acide pour supprimer les empreintes digitales. On utilise l'acide pour dissoudre les corps. On utilise l'acide pour dé-visager. Comme s'il fallait impérativement détruire cette insupportable architecture de peau, de tendon et de muscle, de cartilage et d'os. Mieux vaut détruire que ne pas posséder. On compte beaucoup, beaucoup de défigurées comme moi. Violence maximale. Volonté d'anéantissement. Tentation punitive. L'acide est le traitement réservé aux femmes. Je dis bien « traitement », comme la javel sert à traiter les saletés. « Traitée » à l'acide un jeudi soir, j'ai été nettoyée.

De longues douves se sont creusées autour de moi, atteinte comme d'atimie physique. Altérée. Atomisée. Radioactive. Humaine, moins humaine : je ne suis plus assimilable, plus reconnaissable, plus identifiable. La défiguration est le pire crime qui soit, le seul meurtre qui vous laisse en vie. On devrait inventer, pour les tribunaux de l'avenir, la notion de meurtre métaphysique. Ce serait la moindre des choses.

C'est en cherchant sur Internet que j'étais tombée sur l'annonce du sculpteur.

Une simple annonce, publiée sur un site à vocation généraliste. L'homme proposait de tailler des répliques parfaites, « à l'identique », de portraits photographiques. Il insistait longuement sur son savoir-faire, ses années d'études, ses expériences dans différents ateliers de maître. L'annonce était accompagnée de son portfolio. Du marbre, de la terre, du plâtre, parfois du bronze. Des figures variées, allant du simple visage de femme à celui d'un punk dont la crête était figée par le matériau cuit. C'était étonnant de voir ces êtres ainsi saisis, coincés dans un format anachronique, dans le savoir-faire d'une époque ancienne.

Je n'aimais pas particulièrement les bustes. Mais un jour, j'étais restée quelques moments devant celui de Madame Vicuna, exposé au musée d'Orsay. Un Rodin. On m'y avait traînée de force et, ne voulant pas jouer les superficielles, j'avais fini par accepter. Vicuna fut un choc. Éphémère, vite oublié. Un choc quand même. Ce ne fut pas tant la beauté du buste qui me stupéfia ce jour-là, que la puissance de son expression. Dans sa pierre taillée, mal anguleuse, dans sa pierre d'un blanc laiteux, doux, qui maintenait la figure féminine dans un impossible entre-deux, dans un va-et-vient successif entre la vie et la mort. Elle était à la fois immobile au milieu des visiteurs, des corps étrangers et en mouvement. La pierre taillée la rendait immortelle, lui faisait accéder à une vie supérieure, à celle des êtres que l'art protège. J'avais l'impression que Vicuna me regardait. Qu'elle m'appelait. Sur ses lèvres, là, juste ici, je pensais apercevoir un frémissement, un vague tremblement, quelque chose de vivant. Elle allait ouvrir la bouche, elle allait révéler tout ce qu'elle avait vu, depuis tout ce temps. J'avais le sentiment qu'elle me mettait au défi, au défi de l'atteindre, de l'étreindre, de la capturer. Elle était là, à ma hauteur, et pourtant mille fois supérieure. « Alors, tu viens ? » m'avait finalement lancé mon amie Laëtitia. Vicuna resterait quelque part dans mon esprit.

Le buste est plus troublant qu'une photographie, plus troublant que des mots. C'est de la vie taillée dans la pierre, directement dans la matière. Une transsubstantiation. L'accès à la vie minérale, dure, à la chair de marbre.

J'hésitai longuement.

Le sculpteur proposait ses services, mais je craignais que cela me fasse replonger. Avec ma fragile santé mentale, je me méfiais des avalanches. À force d'y penser, de tourner, de retourner cette annonce dans ma tête, d'imaginer mon buste, je perdis le sommeil. Je n'arrivais plus à écrire. Ce buste serait une célébration. Une manière d'en finir avec ma condition de victime éternelle. On élève une statue. On inaugure un monument. C'est un moment sacré. Le buste prendrait le relais là où les mots me manquaient. Le buste pourrait m'aider à reconquérir ce moi enfoui, ce moi sous la peau. Le buste serait l'indispensable troisième terme. Mon totem. Guérir de ma séparation en retrouvant ma trace. Car l'autre, celle d'avant, n'avait pas disparu. Je la sentais quelque part, au travers de vieux réflexes, d'un sentiment de déjà-vu, de mes fantasmes, de mes résistances, des colères, des douloureuses colères qui tout à coup s'emparaient de mon esprit, des peines, des longues dépressions qui chevauchaient les moments d'ivresse. Quelque chose en moi résistait, c'était elle. Impossible de creuser plus avant. D'aller la dénicher dans son trou. Il fallait la laisser sortir.

Ce que je voulais ?

Lui redonner une existence matérielle. Qu'elle puisse s'incarner de nouveau, quelque part. Pourquoi pas dans le marbre, alors ? Pourquoi pas dans la pierre ? Avec un buste, j'étais certaine que nous pourrions faire la paix. Discuter.

Nous qui sommes pluriels, nous pourrions nous entendre.

Ma décision était prise. Je demandai deux bustes au sculpteur, Nicolas : l'un avant, l'autre après. Comme les deux faces d'un seul être. Ce n'était pas gagné d'avance, j'avais beau lui expliquer ma démarche, préciser mes motivations, il se montrait méfiant, sceptique. Nicolas trouva le prétexte d'un carnet de commandes trop chargé. Je répondis que j'avais le temps, que rien ne pressait, que j'avais tout le temps du monde, que je désirais juste ces bustes, il me recommanda alors d'autres collègues, soi-disant plus expérimentés. C'était lui que je voulais. Je lui fis parvenir des articles de journaux pour lui montrer que mon affaire était sérieuse. Au fond, j'espérais obtenir sa pitié.

Il ne répondit que par un long silence.

Puisque les mots ne suffisaient pas, je devais m'y rendre, le rencontrer directement dans son atelier.

Mon visage servirait d'explication.

Le taxi me déposa aux abords de sa propriété, entourée d'arbres de haute taille. Je fis quelques pas avant d'entendre sa voix. Nous nous retrouvions l'un face à l'autre.

Pour la première fois, une personne que je ne connaissais pas osa me regarder, me regarder vraiment. Son œil tourna autour de moi, se promena, passa de mon visage à mes épaules, de mes épaules à ma poitrine, de ma poitrine à mes hanches, de mes hanches à mes lèvres, de mes lèvres à mon nez, de mon nez à mon œil.

« Alors, c'est vous ! » lâcha-t-il.

Son regard m'avait quittée, il reviendrait.

Il faut du temps pour apprivoiser son sujet.

Nicolas revint à la charge. Ses gros yeux marron se plantèrent sur ma figure. Il entra en moi d'un coup et j'eus la sensation soudaine, plaisante, de n'être plus un sujet de répulsion, mais un sujet véritable, d'exister humainement. J'enlevai mon foulard pour lui dévoiler ma face. Un feu s'alluma dans son regard, une sorte d'avidité. Le sculpteur me dévorait. Je pouvais le sentir à la surface de mes surplus de peau, de mes amas de peau, de mes cicatrices, dans les plis du cou, sur la pointe du nez, le long de mon œil, au bord de mes lèvres. Moi aussi je me plus à le dévorer. L'œil planté, droit, fixe, avec délectation. Je crois que le temps ne filait plus, ou plutôt filait à vive allure au milieu de l'atelier, entre de grosses machines, à côté d'un tas de pierres, des blocs massifs. Je regardais sa peau, je regardais ses mains, sèches, musclées, abîmées, ses ongles noirs, la terre, la crasse, ses poils que le tissu de son pull, à hauteur de poignet, recouvrait. C'était un homme de besogne.

« Vous avez bien fait de venir », finit-il par déclarer.

Pour réaliser ma commande, j'avais apporté des photos de moi *avant*, mais je ne disposais hélas pas de photographie de moi *après*, juste après l'agression. Je lui disais de ne pas se laisser influencer par le moi de maintenant. Ce moi-là, je n'en veux pas. C'est une chimère. Un amalgame. Je veux le moi profond. Celui du jeudi soir. Celui de l'hôpital. Celui d'avant les autogreffes, les nouvelles greffes. Celui d'avant la cicatrisation.

Ainsi indiquai-je au sculpteur qu'il fallait me créer à mi-chemin entre ce que j'avais été et ce que j'étais maintenant. C'était à lui de creuser, de me trouver telle qu'on m'avait faite un jour, de percer sous les chairs ce que je fus. Je pourrais éventuellement l'éclairer à l'aide des sensations, des sensations qui me restaient de ce moment. Pour le reste, il allait devoir faire preuve d'imagination pour me reconstruire. Le secret de ma défiguration n'appartenait pas au réel. Il n'était pas écrit, pas inscrit. Le sculpteur allait devoir me détruire pour me bâtir, enlever ce second visage, défaire l'entremêlement des peaux, soulever ce qui était factice, garder les ruines.

Trouver là, dans ma nudité, quelque chose à mettre en forme. C'était un travail archéologique.

Je lui pardonnerais l'échec, mais je voulais qu'il essaye.

Je lui faisais confiance, en un sens.

C'était la première fois que je faisais confiance à un homme depuis l'agression.

Je voyais la pierre, celle dans laquelle il me taillerait, comme une sorte de berceau, pas comme une tombe. Je savais que son art pourrait faire revivre mon visage perdu.

Le marbre, traité à l'huile, servirait pour mon visage d'avant.

Le bronze, et ses verdâtres déchirures, pour celui d'après.

Je demandai au sculpteur qu'il me saisisse dans le relief de ma peau, qu'il ne manque aucune des boursouflures de mon visage, je voulais qu'il grave ma douleur, je voulais devenir immortelle entre ses mains.

Mon existence formait un système clos, sécurisé, fonctionnel.

Chaque instant, chaque objet, avait trouvé sa place.

Mon miroir, mes livres, mes bustes. Rien de superflu.

Lorsque je me sentais fatiguée, que les douleurs intérieures revenaient après une mauvaise nuit, après la visite des inspecteurs, après un coup de téléphone déplaisant, je me postais chaque fois devant mes bustes. Mes créatures.

Je leur parlais.

J'aimais faire passer ma main sur la surface froide du bronze. Nicolas avait parfaitement su inscrire la douleur dans ce noir cassé, gondolé, granuleux. Des stries, des ruptures verdâtres dessinaient simplement les blessures naissantes. Plus que des blessures, c'était le début d'une souffrance qui durerait. La naissance d'une non-existence. Comme si le visage s'apprêtait à se détacher de lui-même. Au milieu de la bouche ouverte, de ma gueule rompue, je pouvais presque entendre, en y collant l'oreille, l'écho de mes cris dans le métro. La douleur du bronze aspirait la mienne, jusqu'à un certain point.

Mes deux bustes. Mes deux œuvres. Comme deux reflets, comme deux visions. Comme deux temporalités. Mes deux vies. Les deux polarités de mon être réunies dans leur séparation.

Il me semblait être arrivée au bout de quelque chose. Comme si j'étais parvenue au dernier étage. Autour de moi la brume. Le monde enveloppé. Perdu.

J'allais pouvoir m'éteindre. Mon œil ne s'ouvrirait plus sur rien, il en avait assez vu.

Je ne vis pas Julien sur la butte.

L'homme aurait pu écrire une lettre à Camille, la poster directement.

Mais c'était prendre le risque qu'elle ne réponde jamais.

Il aurait dû commencer par Internet. Il a tout fait dans le désordre. C'est sur les réseaux sociaux qu'il a le plus de chance d'engager la conversation. Camille en sécurité, lui aussi. Après avoir fouillé deux jours entiers en infiltrant plusieurs groupes, il opère des recoupements hasardeux, procède par élimination de certains profils.

Dans un groupe réservé aux personnes en convalescence, qu'il a réussi à intégrer en mentant sur son état, il lit le message suivant :

« Bonjour à tous, ce soir, lecture et conversations autour de *Notre-Dame* de Hugo. À tous les Quasimodo, à toutes les Esmeralda, venez nombreux ! Voici le lien. » Après avoir patienté quelques instants dans une salle d'attente virtuelle, la session commence. Une dizaine de vignettes, autant de participants, apparaissent. Puis une voix de femme :

« Merci à tous d'être là.

J'ai lu *Notre-Dame*, le livre de Hugo, et je me suis dit qu'une petite discussion s'imposait. *Notre-Dame* est un livre qui m'a touchée pour des raisons évidentes. Je voudrais vous parler du chapitre intitulé “La cruche cassée”. Dans celui-ci, le Bossu met en garde Esmeralda, la petite bohémienne, la belle bohémienne, dont il est fou amoureux, contre le séduisant capitaine Phœbus. Un vrai petit salopard, soit dit en passant. Que nous dit le Bossu ? Finalement, des choses entendues, mais qui me réconfortent : la belle figure de Phœbus cache un cœur pourri. S'en tenir à la surface des choses, c'est plonger à pieds joints dans un piège, celui du désir passager. Mais ce n'est pas tout, ce n'est pas l'essentiel. Peu importe, à vrai dire, que la beauté du cœur soit toujours supérieure, qualitativement supérieure. La vérité, c'est qu'on ne s'entiche jamais d'un laid. Il faudrait nous crever les yeux. On ne peut pas reprocher aux hommes ou aux femmes d'aimer la beauté. D'avoir du goût. Pas plus qu'on ne peut accuser le beau de quoi que ce soit, car c'est bien la seule chose qui n'existe pas à moitié. Qui n'a jamais ressenti un malaise en présence d'un laid, comme s'il risquait de nous contaminer ? Moi, plusieurs fois. Être laid, cela se joue à peu, ce n'est pas une affaire de poids, de couleur. C'est dans le visage. Dans le regard. Là, au milieu, au fond… On naît avec. Ou pas. Rien ne l'excuse, mais tout excuse la beauté. Elle peut être injuste. Mesquine. Cruelle parfois. Un peu volage. Infidèle. Moqueuse. Elle a rendu service à tous les beaux que j'ai fréquentés. Y compris à moi. La beauté est permissive, autorise le mépris, le dédain, la légèreté, elle permet d'être désagréable, hautaine, infréquentable, rancunière, excessive, renfermée, débrayée. Et même, comble du comble, de se sentir laide par logique petite-bourgeoise. De se tenir les plis de la peau, situés là, au niveau du ventre, des côtes ou du cou, comme je l'ai fait chaque matin dans ma chambre, de les tenir fermement avec colère, comme les preuves certaines, comme les preuves les plus exactes d'un mal que je suspectais depuis longtemps : JE SUIS LAIDE. La beauté permet de se juger alternativement grosse, terne, vieillie, usée, bonne à refaire, insortable. D'un point de vue esthétique, désagréable. Elle permet aussi de prononcer ce genre de phrases : "Tu sais, le physique ne fait pas tout. Ce n'est pas grand-chose…" Ou alors, en y croyant à peine : "Je m'en fiche de ta beauté, ce qui compte, c'est ce qu'il y a au-dedans." Oui, de croire, uniquement de croire, que l'on pourrait épouser avec joie, pour le meilleur et pour le pire, Quasimodo ou le premier laideron venu. C'est faux. Ce qui n'est pas beau a tort d'exister, voilà tout. Voilà ce que dit Hugo.

Je le sais à présent.

Ma vie doit être construite comme une justification.

Répondre à cet affront : notre existence.

Je vais maintenant lire ce chapitre… »

L'homme assiste à la lecture sans écouter. Des larmes lui coulent le long des joues, il étouffe un sanglot, se frappe le ventre. *Sois dur !*

C'est elle, c'est Camille. Il voudrait lui parler, il voudrait ouvrir le micro de son ordinateur, la couper en pleine lecture, lui crier tout ce qu'il a à lui dire, tout ce qu'il a retenu. Il aimerait vomir un flot de paroles insensées. Tout dire, tout répéter. Tout…

C'est elle, c'est Camille… se dit-il.

Il n'a jamais entendu sa voix, mais il sait, il sait déjà, il sait parfaitement, que c'est elle.

L'homme, épuisé, se promet de lui écrire demain. Dès demain matin.

La parole n'est pas son fort. Ce n'est pas tant un problème de « Quoi dire » que de « Comment lui dire ». Sa vie est un long secret. Comme l'enfant, il reste convaincu qu'il y a des choses inavouables. Que les mots coûtent et qu'il vaut mieux les garder en soi.

Étouffer avec. Même s'il en crève.

L'exercice d'écriture lui semble périlleux, mais il s'y risque, attrapant son ordinateur, il s'y risque puisqu'il n'a plus rien à perdre, puisque toutes ses tentatives ont avorté, puisqu'il est dans le jour solitaire, sabordé.

L'homme écrit, supprime, revient à la phrase d'avant. Récupère l'idée d'après, adoucit la langue, cherche des voies détournées pour dire. L'architecture de son message est branlante, les mots s'enchaînent sans lien logique, mais qu'importe. Il ne veut pas que Camille prenne peur. Il préfère noyer son message, faire usage de circonvolutions, de paraphrases et taire le plus insupportable.

Une fois satisfait, l'homme envoie le message.

Peut-être qu'elle le lira. Il faut attendre…

Le cadran numérique affiche 9 : 47.

Il a signé : Julien.

Camille n'a pas répondu tout de suite.

Elle a vu le message et l'homme a vu sur l'écran s'afficher le mot « Lu ».

Elle a vu le message, mais elle impose en retour son silence. Le jour passe, le cœur de l'homme se serre. D'abord de tristesse, puis de colère. Colère d'abord dirigée contre lui, puis contre elle. Il la maudit. Il la maudit toute la journée sans oser quitter sa chambre. Il tourne en rond. Il a envie de tout casser. Il frappe les murs, arrache les draps du lit. Il réclame un tremblement de terre, un incendie général, que Caen disparaisse dans une fumée noire, l'asphyxie de la ville, la mort des arbres, et surtout celle de Camille.

Les heures pleuvent sur son crâne comme la grêle.

C'est une tempête.

Ce n'est qu'au milieu de la nuit, tandis que l'homme, ivre, gît sur le matelas, qu'il reçoit une réponse. Un *ting* retentit.

«Je ne sais pas quoi vous répondre, Julien. Pour être honnête, votre message m'a fait peur. Je vous en veux de m'avoir écrit, car en ce moment je me sens mieux, et vos mots, tous vos mots, me replongent dans un temps que je croyais avoir laissé derrière moi. Vous parlez d'une vidéo, mais cette vidéo n'existe pas. Je suis incapable de poursuivre cette discussion. S'il vous plaît, ne pensez plus à moi, ou alors simplement pour m'oublier. J'ai transmis votre message à la police. »

L'homme tressaille. Ce n'est pas la réponse qu'il attendait.

Il voudrait revenir en arrière, ne jamais lui avoir écrit. Quel con. Mais, puisque Camille est toujours connectée, il se lance :

« La vidéo existe. Je l'ai avec moi. Je ne voulais pas vous le dire parce que les gens ne comprennent pas, personne comprend, mais je l'ai regardée des jours entiers, j'ai pas arrêté de la regarder, de vous voir brûler comme ça. Votre visage m'obsède. Tout ce qui vous est arrivé, je ne peux pas me le sortir de la tête. J'ai l'impression de mourir. Moi aussi je brûle, je brûle complètement. Je peux rien faire, je suis bloqué avec vous, à distance, dans ce putain de métro. Je ne mens pas Camille. J'ai la vidéo, je l'ai là, je suis là ! Je vous ai vue plusieurs fois, je suis allé devant chez vous, je voulais vous voir, je savais même pas si vous étiez vivante, si vous étiez réelle, personne me croit, mais vous l'êtes. J'essaie de trouver une solution, je voudrais vous voir, j'ai besoin de vous voir, je voudrais tout vous expliquer tout vous dire j'ai besoin qu'on m'écoute j'ai besoin de parler j'ai besoin de vous entendre j'ai besoin de vous Camille si vous disparaissez je suis mort ! Mort mort mort ! Camille… Je voudrais être à votre place, c'est moi qui aurais dû brûler. Je voudrais vivre ce que vous avez vécu… Je voudrais être vous… Camille… Je veux être toi… »

Camille a d'abord eu peur, elle a pensé que c'était *lui*, que c'était l'homme, l'homme de l'agression, celui qui l'a détruite. Elle s'est effondrée en lisant. Son premier réflexe est de prévenir la police, son avocate, sa famille, ses amis. Elle a réussi à se calmer en caressant ses bustes. Elle ne laisse rien transparaître par message.

Une telle vidéo n'existe pas, se dit-elle, mais Julien est convaincant.

Son récit l'intrigue, son désespoir surtout. On dirait celui d'un grand brûlé. Celui d'un fou. Elle se garde des jugements hâtifs.

Camille propose cependant de poursuivre la discussion le lendemain.

Le rendez-vous est fixé.

Camille et Julien discutent toute la journée.

L'homme ne réfrène jamais son excitation, il s'enflamme à chaque réponse, à chaque mot envoyé. Ses paroles pixelisées, numérisées, vibrent et fusent jusqu'à l'écran de Camille. Elle peut presque sentir le grain de sa voix, et le souffle saccadé, empressé, qui noie les mots. Au bout d'un certain temps, Julien propose d'activer sa webcam. L'homme aimerait lui montrer à quoi il ressemble, qu'elle rattrape son retard.

Camille panique, refuse, enrage et quitte la conversation.

Mais elle revient très vite.

Plus tard, l'homme l'interroge sur sa nouvelle vie. Il veut tout savoir, il aimerait colmater toutes les zones d'ombre. Que fait-elle, que pense-t-elle, que mange-t-elle, que lit-elle précisément ? Comment fait-elle pour se reconstruire ?

Camille aimerait lui parler des bustes, mais elle n'ose pas. Elle prend plaisir à tourner autour de Julien. Elle se sent au centre d'un désir anormal, qu'elle voit grossir à chaque seconde, en tapotant simplement les touches du clavier. Elle aime ce pouvoir.

Aux alentours de vingt-trois heures, leur discussion dérape. Camille évoque sa peau nue, raconte comment elle s'est réconciliée, progressivement, difficilement, avec son corps, devant le miroir, ses longues journées de contemplation et ses masturbations. Elle raconte avec quelle frénésie, avec quelle intensité, elle jouit. L'homme ne révèle rien de ses obsessions, de son enfermement, de l'acharnement douloureux sur son membre, de son onanisme carcéral.

Il laisse Camille parler.

«J'aimerais te voir, j'aimerais voir comment tu fais», écrit Julien.

Camille sourit derrière son écran.

Elle répond qu'elle aimerait jouir devant lui, mais qu'elle ne veut pas qu'il la caresse, ni qu'il la touche. Elle ne veut plus être touchée, simplement être regardée.

Camille ajoute : «J'aimerais aussi te regarder.»

Sous l'œil noir, auréolé de vert, *en direct,* devant la caméra allumée, l'homme se déshabille.

Il le fait avec souffrance, détestant être nu – vu. Il s'exécute.

Camille aime cela : elle demande, il s'exécute.

Elle pense pouvoir tout exiger de Julien, l'idée la fait sourire. Avoir un petit être servile à portée de main…

Balayé à distance par une langue numérique qui le pixelise et le réduit à une image animée, Julien reste nu et tremble. En même temps, il aime obéir à Camille. Il voudrait qu'elle le commande, il voudrait être son objet, sa chose. Un chien ? Il se met à quatre pattes. Il peut même grogner, il peut même aboyer. Ou bien un serpent qui serpente sur la moquette de la chambre d'hôtel. Il peut tout faire, tout ce qui plaira à Camille. Il ressent son pouvoir, dicté par la parole claquante de la jeune femme. Il voudrait être en cage. Il voudrait lui appartenir. À quoi pense-t-elle ? Il aimerait bien savoir tandis qu'il se met en position, tandis qu'il se courbe, se tord, se cambre. À quoi pense-t-elle ? Il aimerait bien creuser de petits sillons dans son crâne pour laisser jaillir, à l'autre bout, des échos de pensées. Les saisir comme des bulles de savon.

Plusieurs fois, la femme lui demande de jouir, debout, devant elle.

Elle lui demande de réajuster la webcam, de se rapprocher, de s'éloigner, de se mettre debout, allongé, de lui montrer ses fesses et même de les écarter. Camille veut tout voir. Le plissement de la peau, les orifices, les yeux révulsés comme des couches de terre soulevées, rabattues par l'orgasme. Elle veut voir son sexe, elle veut le voir dans le cadre, qu'il envahisse le cadre, qu'il sature tout, elle lui demande de tout montrer, depuis la base jusqu'au bout.

L'homme jouit devant Camille.

Elle veut presque sentir la chaleur et la texture du sperme.

Le virtuel la protège. En le regardant jouir, son ciel brûle.

« Je dois quitter Caen, je n'ai plus rien pour payer. »

Camille a invité Julien, elle veut le voir pour de vrai.

Elle dit qu'elle n'a plus peur, essaie de s'en convaincre. Elle croit le connaître, mais le connaît si peu. Son désespoir, son obéissance, sa souffrance, son malheur… Camille les reconnaît, s'identifie. On dirait des doubles, des pièces qui s'emboîtent existentiellement. Ils ont avancé dans la vie en spirales.

Sans savoir réellement ce que l'homme attend d'elle, elle accepte de se dévoiler à la condition qu'il lui apporte la vidéo.

Camille se sent prête à se regarder.

C'est un mardi, l'après-midi vient de sonner et, dehors, la végétation tristement se laisse battre par le vent. Julien quitte sa chambre d'hôtel avec précipitation, ses affaires sur le dos, une clé USB dans la poche, et ne prend pas même le temps de se rendre à la réception. Il fuit. Il part rejoindre cette résidence dont il connaît par cœur le nombre de briques, de tuiles sur le toit, de véhicules sur le parking et, presque, de locataires.

Autour des bâtiments, on dirait que le temps glisse, rien n'a changé, pas même les voitures bien alignées. Pour la première fois, Julien en franchit les grilles avec émotion, il marche rapidement sur le goudron et rejoint le hall.

Il sonne.

« C'est au cinquième étage, sur ta droite. »

Les portes s'ouvrent en grinçant et, depuis l'entrée, sans prendre l'ascenseur, Julien gravit à toute vitesse les étages.

Premier étage.

Son cœur bat.

Deuxième étage.

Son cœur bat.

Troisième étage.
Son cœur bat.
Quatrième étage.
Son cœur bat.
Cinquième étage.
L’homme ne sait pas ce qu’il trouvera en poussant la porte, mais en lui une vie d’orage, une jeunesse courent.

Camille l'a attendu toute la matinée.

Elle a fini par se dire que l'homme est la pièce manquante.

Elle comprend enfin le sens de sa guérison.

Il pousse la porte, pénètre dans le couloir et s'arrête devant la femme.

Un instant de sidération les maintient collés l'un à autre, à distance.

Camille se trouve au bout du couloir, le visage enveloppé dans un foulard mauve.

Julien la regarde avec ses deux gros yeux rougis par la course, épuisé, en sueur, suffoquant à demi, une main posée contre le mur pour ne pas perdre l'équilibre. Son œil tourne autour de Camille, se pose sur le morceau de tissu, aimerait le pénétrer, le soulever, passer au travers pour accéder à la peau. L'étourdissement perce dans son crâne. Il voudrait vomir, mais se retient. Et ce foulard, toujours ce voile, et cette expression fermée du visage, ce tissu qui masque, cet insupportable, cet intolérable morceau de tissu. Ce visage… Cette peau… Tout ce corps… L'homme veut voir. Il est venu pour voir. Il a attendu, semble-t-il, toute sa vie ce moment. L'homme doit voir les cicatrices.

Il pensait pouvoir se contrôler, rester calme, mais son désir est cannibale. Toutes ses promesses, toutes ses certitudes, tous ses espoirs s'étirent jusqu'au claquement.

Quelque chose gronde en lui.

L'envie monte, pousse et le frappe.

Il est arrivé au bout du bout, à la fin du parcours.

Et Camille n'évoque rien.

Cachée, elle est fade.

L'homme voudrait percer la surface, salir l'écorce. Il a besoin d'être sauvé.

Midi, deux minutes.

« Voilà donc Julien », se dit Camille.

Pas vraiment impressionnant, moins impressionnant que devant sa webcam, moins impressionnant qu'au travers de ses mots délirants.

Il est pauvre, frêle, décevant, trop nu.

Exactement ce à quoi elle s'attendait en le faisant venir.

La jeune femme l'observe, plongée dans sa torpeur, noyée dans ses images, dans sa douleur.

« Entre. »

L'homme fait quelques pas dans le couloir avant de parvenir péniblement jusqu'au salon.

Sa tête tourne, il est nerveux, il observe le décor, regarde les bustes. Les deux bustes. Scrute le bronze un long instant, le caresse de sa main sale.

Camille l'observe, perdu, affolé, excité, submergé.

« Je te sers quelque chose ? »

Camille fait semblant.

Et toujours ce foulard. Cet affreux pansement qui le sépare du visage.

« Elle me trompe », se répète Julien plusieurs fois en serrant les dents.

« Elle ose me tromper, alors que je suis là, alors qu'elle m'a promis ! Elle m'a promis ! »

L'homme enrage dans son silence. Tandis que Camille se faufile sur sa droite, il attrape de ses deux mains le foulard, le fait rouler sur sa peau, puis l'arrache du visage de Camille. Sa figure jaillit.

Nue, Camille ne crie pas.

L'homme s'effondre.

Il ne dit plus rien, à genoux, au milieu du salon, raide, entre les bustes et la télévision. Il bave, souffle, respire fort, les mains tendues, n'attrapant que le vide. Il regarde ce visage. On croirait un dément, un condamné à mort devant la potence, au fond de l'abîme.

Camille ne crie pas, car elle sait.

Elle a imaginé mille fois la rencontre.

Elle sait depuis longtemps que l'homme est une misère.

Midi, quatre minutes.

L'homme ne peut plus faire que cela.

Regarder Camille.

Sa peau abîmée, reconstituée, ses cicatrices saillantes, sa douleur incrustée dans les stries et les boursouflures, l'éclaboussent.

L'homme se tord de l'intérieur. Tout se contracte, tout se serre et s'épuise.

Il a le sentiment que tout éclate en lui, sa chair, ses muscles, ses organes.

Ses yeux brûlent.

Sa peau chauffe.

L'homme voudrait la violer. Lui faire du mal. Il ne sait pas pourquoi.

Camille regarde l'homme écroulé, à genoux. Elle le regarde pleurer et gémir.

« Où est la vidéo ? » demande-t-elle.

Sans prononcer un mot, il sort d'une main tremblante la clé USB grise.

Camille l'attrape fermement, calmement.

Elle a caché son couteau de cuisine derrière le buste de marbre.

C'est une lame épaisse, aiguisée, efficace, qui a déjà servi – mais jamais pour tuer.

Camille s'en saisit et regarde l'horloge, droit devant.

Midi, cinq minutes.

Puis, elle regarde la lame.

Elle regarde par la fenêtre.

Dehors, le soleil flambe.

Elle regarde ses bustes.

Elle regarde l'homme.

Elle se regarde dans le miroir.

Elle se fixe.

Sent le pouvoir qui l'inonde.

Et comme pour la première fois, son cœur rouge bat.

Fort.

C'est une dynamite.

Remerciements

Je remercie ma mère.

*

Je remercie mon père et mon frère.

*

Je remercie Marie-Caroline Locquet.

*

Je remercie la Zone, le Zarma, Alexandre, Marguerite, Nikita et Edwyn.

*

Je remercie Madeleine Gobeil-Noël.

*

Je remercie Yann Moix.

Acide

*

Je remercie Lolita, Jefferson et Yannick.

*

Je remercie William Emmanuel.

*

Je remercie Jean-Luc Barré.

*

Je remercie Pierre Chardot.

*

Je remercie celles et ceux qui ont lu ce livre,
qui le lisent, qui le liront.

Bouquins roman

Anouchka d'Anna, *Hunter et ses Mickeys*

Erwan Barillot, *Moi, Omega*

Sébastien Bohler, *Création*

Jordi Bonells, *Triptyque argentin*

Quentin Bruet-Ferréol, *Dieu est un voleur qui marche dans la nuit*

Dorothée Caratini, *Traverser la foule*

Martin Carnoy, *La Vie mouvementée de Michal K.*

Sara Freeman, *Marées*

Valerie Fritsch, *Les Insuffisances du cœur*

Yasmine Ghata, *Le Testament du prophète*

Jean-Marie Gourio, *2 grammes 40*

Tessa Hadley, *Free Love*

François Parrot, *Un hiver à Tanger*

Marc Sadoun, *L'Enfant de l'entre-deux*

Ayşegül Savaş, *Transparence de la lumière*

Philippe Siou, *Rêves secrets d'une femme*

Théo Veillon, *Ceux de l'intérieur*

La photocomposition de cet ouvrage
a été réalisée par
Graphic Hainaut
76, rue de Nancy
59100 Roubaix

Imprimé en France par CPI
en juin 2023

N° d'édition : 65823/01
N° d'impression : 174941